나는 글쓰기로 설렌다

공저 범혜임 · 서수경 · 서수영 · 서정혜 · 서회주 · 성금란

Contents

우리 모두는 자기 삶의 저자입니다

누군가 제게 지금까지 살면서 제일 잘한 일이 뭔지 묻는다면 저는 한 단어로 답하겠습니다. 책 쓰기. 책 쓰기는 제게 새로운 길을 선사했고, 덕분에 '내게도 이런 일이 일어날까?' 한 번도 생각하지 못했던 멋진 일들이 펼쳐졌습니다. 책 집필을 통해 삶을 바꿀 수 있음을 체험하면서 다른 사람의 성장을 돕는 책 쓰기 교육을 시작했습니다. 이 또한 책 출간이 선사한 선물입니다.

오래전 처음 책 쓰기 교육을 준비하면서 한 가지 목표를 마음에 새겼습니다. 바로 좋은 책을 쓰도록 돕는다는 것입니다. 좋은 책에 대한 절대적인 기준이 있는지는 모르겠지만, 제가 생각하는 좋은 책은 진정성을 담아 자신과 독자의 정신과 삶에 긍정적인 자극을 주는 것입니다. 좋은 책은 책과 저자가 따로 놀거나 분리되지 않습니다. 책을 쓰며 먼저 저자 스스로 성장해야 좋은 책을 쓸 수 있습니다. 책 작업과 삶이 서로에게 자양분을 제공하여 선순환을 그리며 함께 성장할 수 있도록 안내하는 게 제 역할입니다.

책 집필은 제가 알고 있는 최고의 공부법이자 자기 탐구 방법입니다.

한 권의 책을 쓴다는 건 본인의 화두 또는 절실한 문제를 풀기 위해 스스로 질문하고 성찰하고 답을 찾아가는 과정입니다. 그래서 책 쓰기는 성찰과 성장을 연결하는 다리와 같습니다. 글을 쓴다는 것은 스스로 자신과 삶의 안팎을 살펴보고 사유하고 정리하는 능동적 활동이기 때문에 이런 과정이 쌓이고 쌓여 임계점을 넘을 때 본질적 성장이 가능합니다. 이게 끝이 아닙니다. 성장은 성찰에 동기와 재료와 추진력을 더하여 더 깊은 성찰을 촉진하므로 그만큼 정신이 성숙하고 글쓰기도 넓어지고 정교해집니다. 이렇게 성찰과 책 쓰기와 성장은 선순환하며 상승효과를 일으킵니다.

저는 지금까지 아홉 권의 책을 출간했습니다. 책을 한 권 두 권 내면서 책을 쓰는 과정이 인생과 닮았음을 실감합니다. 하루하루가 모여 삶을 이루듯 한 장 한 장 글로 채워야 책이 됩니다. 모든 인생이 그 삶을 살아가는 사람을 닮을 수밖에 없듯이 모든 책에도 글쓴이의 마음과 언행이 투영됩니다. 요컨대 인생은 온전히 내가 한 단어, 한 문장, 한 페이지씩 써나가야 하는 책이며, 우리 각자는 자기 삶의 저자입니다. 때때로 스스로 묻곤 합니다.

"내 인생이 한 권의 책이고 내가 그 책의 저자라면 무엇을 어떻게 쓸 것인가?"

책을 한 권 한 권 완성하며 이 질문에 나름의 답을 하고 있다고 저는 믿습니다. 이렇게 삶은 책이 되고 책은 삶이 됩니다.

꼭 일기가 아니더라도 어떤 글을 쓴다는 건 그때의 나를 정교하게 기록해두는 일입니다. 이 기록에는 공부한 내용과 경험한 일과 가슴에 품어온 생각 등 다양한 것들이 담길 수 있는데, 그게 무엇이든 마음에 씨앗으로 뿌려지고 이내 나란 존재를 형성합니다. 특히 책을 쓴다는 건, 과거의 나에 관한 기록을 넘어 현재의 자신을 성찰하고 앞으로 만나고 싶은 나를 그려 보는 길이기도 합니다. 책은 자기를 비추는 거울입니다. 유리 거울은 겉모습을 비춰주고, 책 거울은 존재를 비춰줍니다. 책 쓰기는 직접 거울을 만들어 나 자신을 갈고닦는 과정입니다. 성실히 글을 쓰고 한 권의 책으로 묶는 일이 자기를 재발견하고 자기다운 삶을 모색하는 훌륭한 방법인 이유가 여기에 있습니다.

이번에 인천광역시교육청에서 주최한 '내 인생의 첫 책쓰기' 연수는 매우 뜻깊은 교육입니다. 본 교육은 학부모를 대상으로 2개월 동안 총 8회에 걸쳐 진행했으며 회당 강의 시간은 150분에 달했습니다. 학습자들은 그저 강의만 듣는 게 아니라 매주 까다로운 과제를 붙들고 씨름했습니다. 여기에 더해 육아와 집안일까지 병행해야 했기에 더욱 만만치 않은 과정 이었습니다.

그대가 손에 들고 있는 이 책은 이 모든 어려움을 극복해낸 결실입니다. 모두가 합심하여 이렇게 각자 앞으로 쓰고자 하는 책의 출간 기획서와 서문, 그리고 샘플 원고를 모아서 한 권의 책으로 펴낼 수 있게 되어 뜻 깊습니다. 여기에 실은 기획서를 포함한 모든 내용은 우리 학습자 한 사람 한 사람이 치열하게 고민하고 정성껏 작성한 결과물입니다. 물론 아직 최종본은 아니어서 개선할 점이 남아있지만, 하루하루가 쌓여 삶이 되듯이 책 작업도 이렇게 하나씩 하나씩 만들어 나가는 여정입니다.

한 권의 책을 완성하는 일은 중장기 프로젝트입니다. 짧으면 수개월,

길게는 몇 년이 걸리기도 합니다. 책을 쓰는 방법은 다양하지만 변하지 않는 진실이 있습니다. 꾸준히 써야 한다는 겁니다. 교육은 이제 마무리하지만 우리는 책 작업을 계속해야 합니다. 이 책이 우리 학습자들이 출간 동기를 되새기고 집필을 지속하는 데 도움이 될 거라 믿습니다. 아울러 본 교육에 참여하지 않았지만 책을 쓰고자 하는 분들에게도 다양한 출간 기획서를 접할 수 있는 흔치 않은 기회를 제공함으로써 긍정적 자극과 아이디어를 제공할 수 있으리라 기대합니다.

두 달 넘게 강사가 교육에만 집중할 수 있도록 배려해주시고 교육 준비를 도맡아 해주신 인천광역시교육청의 조윤경 장학사님에게 감사한 마음 전합니다. 짧지 않은 교육 기간과 많은 과제에도 불구하고, 그리고 무엇보다 부족한 강사를 믿고 끝까지 함께 해주신 모든 학습자 분들에게 진심으로 감사드립니다.

마지막으로 이 책을 손에 든 모든 분들에게 말씀드리고 싶습니다.

그대의 '좋은 삶'을 닮은 '좋은 책'의 저자가 되어주세요.
그대의 첫 책을 기다리고 있을게요.

홍승완,
'내 인생의 첫 책쓰기' 연수 심화과정 강사 · 〈내 인생의 첫 책 쓰기〉 저자

2023년 9월

범 혜 임

그게 뭐 어때서?

자살미수범의 회고록

"지긋지긋하게 따라 붙는 우울한 생각들!!
도대체 뭐가 문제일까?
부정적인 생각에서 벗어나 평범한 삶을 살게 된 자살미수범의 이야기"

도서 제목 및 부제 (가칭)

- 자살미수범의 회고록
- 나는 자살미수범이다.
- 부정적인 생각 전환하기
- 우울의 늪에서 살아남기
- 자살미수범의 우울 탈출기
- 자살미수범의 행복론
- 우울하신가요?
- 오늘은 행복하신가요?

저자 소개

필명 : 유심조

일체유심조(一切唯心造 – 모든 일은 마음따라 일어난다)를 좌우명으로 살고 있으며, 이에 필명을 유심조라고 하였다.

일어일문학사, 산림자원학사, 일본 메이카이대학 교환학생

사무자동화 산업기사, 웹디자인 기능사, 그래픽운용기능사, 바리스타,

고등학교 졸업 후 자립하여 여러 직종에 종사하며 열심히 살았으나, 마음의 병으로 긴 시간을 방황했다. 현재는 두 아이의 엄마가 되어 평범한 생활을 하고 있는 40대 가정주부.

주요 독자

- 삶에 지쳐 위로가 필요한 40대
- 내가 왜 살아야 하는지 삶의 의미를 찾고 있는 10대
- 우울증을 앓고 있는 현대인

기획의 특징 및 차별성

- [희소성] 우울증 전문가가 아닌 자살 미수범의 실제경험담으로, 전문가들의 우울증 전문도서에 비해 희소성이 있다.
  - ✔ 오랜 기간의 사례와 생각들을 정리하여, 우울한 생각을 긍정적인 생각으로 전환하는 실제 사례를 제시한다.
  - ✔ 실제 경험을 바탕으로 독자와 더욱 공감하고 소통할 수 있다.

- [실용성] 이론보다 해결방안 중심으로 실용성을 높인다.
  - ✔ 우울증에 대한 개념이나 의학적 지식보다 해결방안에 초점을 맞추어 이야기한다.
  - ✔ 전문적인 접근보다 쉽게 적용이 가능한 생각의 전환에 목표를 두고 이야기를 풀어간다.

- [간결성] 각 장을 간결하게 구성하여 책에 대한 접근성을 높인다.
  - ✔ 우울증의 대표적인 특징인 의욕 저하인 상태에서도 책에 대한 접근이 용이할 수 있도록 각 장을 간결하게 구성한다.
  - ✔ 작가의 의견을 장황하게 늘어 놓기 보다 독자가 스스로 생각할 시간을 가질 수 있도록 여운을 남기는 문장을 사용하여 간결함을 높인다.

Contents

서문 및 샘플 원고: 다음 페이지에 첨부

혹시 지금 우울하신가요?

- 혹시 지금 우울하신가요?
- 왜 나에게만 이런 일이 생기는지 답답한가요?
- 되는 일이 하나도 없고, 사는 것이 의미 없게 느껴지나요?
- 내 마음은 그게 아닌데 아무도 몰라줘서 속상한가요?
- 세상 사람들이 모두 나를 싫어하는 것 같아 외톨이가 된 것 같나요?

누구나 이런 생각을 한 번쯤은 해보았을 것이다. 이러한 생각에서 쉽게 벗어날 수 있다면 지금 이 책을 덮어도 좋다. 하지만 부정적인 생각이 꼬리에 꼬리를 물고 이어져 잠을 제대로 이루지 못하거나 쉽게 헤어나지 못한다면 반드시 이 책을 열어 보길 바란다.

나는 자살미수범이다. 나는 30년 동안 우울증을 앓았고 세 번의 자살 시도를 했다. 삶은 나에게 매일이 전쟁터였다. 나를 죽이고 싶어 하는 나와 죽음을 두려워하는 내가 끊임없이 싸웠고 매 순간이 버거웠다. 이제 그만 모든 것을 내려놓고 쉬고 싶었다.

현재의 나는 두 아이를 둔 40대 초반의 평범한 가정주부이다. 하지만 나에게 스스로 평범하다는 수식어를 붙일 수 있게 된 것은 불과 몇 년이 채 되지 않는다. 나에게 있어서 평범한 삶은 나를 죽이고 싶어 하는 내가 존재하지 않는 삶이다. 스스로를 죽이지 못해 안달하며 10대, 20대, 30대를 보내온 나의 이야기를 통해 지금도 죽음을 준비하는 사람들에게 이야기하고 싶다. 누구나 평범해질 수 있다고.

평범한 삶을 되찾기를 원하는 사람들이 이 글을 통해 나처럼 긴 시간을 허비하며 방황하지 않기를 바란다.

요즘에는 스스로 생을 마감하는 사람들의 뉴스를 심심치 않게 접할 수 있다. 그런 뉴스를 보다 보면 남의 이야기 같지 않아 참으로 안타깝고, 때때로 참담하기까지 하다. 대한민국 자살률 OECD 1위. 무엇 때문에 그들은 죽음을 스스로 선택해야 했을까? 무엇이 그들의 마음을 불행하게 만들었을까?

이유야 어찌 되었든 자살 충동은 우울증 환자들이 주로 겪는 증상이다. 중증도 이상의 우울증에는 약물치료가 필수적인 만큼 우울증을 질환으로 보고 전문의를 만나서 치료받아야 한다. 하지만 정신과에 대한 부정적인 이미지와 주위의 시선에 병원을 방문하기 두려운 마음이 드는 것도 사실이다. 혹은 나처럼 금전적인 이유로, 혹은 용기 내어 어렵게 찾아간 곳이 본인과 맞지 않아서 발길을 돌린 이들이 다시 죽음으로 내몰리지 않기를 바라는 마음에 이 글을 적어 본다.

세 번의 자살미수. 어쩌면 그들과 비슷한 삶을 살았던 나의 이야기가 지금 죽음을 준비하는 누군가에게 조금이라도 살아갈 희망이 될 수 있기를 바라는 마음으로 이 글을 시작하려고 한다. 급변하는 생활 속에 마음 풀 곳 없는 사람들에게 이 책이 조금이라도 위로가 될 수 있었으면 좋겠다.

4장. 살고 싶지 않다고 느껴질 때

4-1. 생각 절단

「왜 사는가?」 누구나 한 번쯤 생각해 보았을 질문이다. 몸과 마음이 지치고 힘들 때는 이러한 평범한 의문조차 부정적인 생각으로 탈바꿈되고야 만다.

'이렇게 힘든데 왜 계속 살아야 하나?'

살면서 나를 끝없이 괴롭혔던 생각 중의 하나이다. 이 질문에 대한 결론은 아무리 오랜 시간 머리를 싸매고 생각해 봐도 「죽어야 한다」가 된다.

그 이유는 간단하다. 질문의 전제가 잘못되었기 때문이다. 「삶은 힘들다」라는 전제로 왜 사냐고 물어본다면 문맥상 자연스러운 답은 「살 필요가 없다」라거나 「죽어야 한다」인 것이다. 전제를 바꾸어, '이렇게 행복한데 계속 살아야 하나?'라고 묻는다면 당연히 그 답은 「살아야 한다」가 될 것이다.

이러한 생각의 오류를 발견하는 것은 쉽지 않다. 그리하여 너무도 쉽게 부정적인 생각의 패턴에 갇히게 되는 것이다. 이러한 잘못된 생각의 패턴으로 매 순간 죽어야 한다는 결론에 초점이 맞춰진다면 순간적으로 잘못된 판단을 내릴 수 있으므로 이러한 생각의 흐름을 끊어 내는 것이 중요하다.

죽고 싶다는 생각이 든다면 손뼉을 치면서 "생각 절단!"이라고 외쳐보자. 그리고 TV를 본다든지, 책을 읽는다든지, 게임을 한다든지 생각을 계속할 수 없도록 우선 다른 일을 하자!

4-2. 삶의 의미

처음 질문으로 돌아가서 왜 사는가에 대하여 생각해 보았다. 사람마다 모두 다르겠지만 나는 사람이 살아야 할 이유는 없다는 결론을 얻었다. 삶의 의미는 스스로가 만들어 가는 것이지 누군가가 정해주는 것이 아니기 때문이다.

많은 철학가나 문학가들이 인생을 여행에 비유한다. 나 역시도 인생은 여행과 닮아있다고 생각한다. 여행 스타일은 사람마다 다르다. 계획을 철저하게 세우고 떠나는 사람이 있는가 하면 발길 닿는 데로 여행을 떠나는 사람도 있다. 어떤 사람은 맛집을 찾아 다니는 여행을 하기도 하고, 어떤 사람은 예쁜 건축물을 찾아 여행을 떠나기도 한다. 어떤 사람을 차를 타고 여행을 즐기는 반면, 걸어서 하는 여행을 즐기는 사람도 있다. 어떤 사람은 주로 관광하면서 시간을 보내지만, 누군가는 주로 휴양하면서 시간을 보내기도 한다. 가끔은 서로의 방식을 이해할 수 없을지 모르지만, 그 누구도 어떠한 여행이 나쁘다 잘못됐다고 평가할 수 없다. 모든 여행은 저마다의 의미가 있기 때문이다. 삶도 마찬가지이다.

4-3. 즐거운 순간을 놓치지 말자.

살면서 즐거웠던 순간이 한 번도 없었던 사람이 있을까? 기억을 더듬어 보면 매일 죽음을 생각했던 나조차도 즐거웠던 추억들이 분명히 존재한다. 하지만 시간이 지날수록 힘들었던 일들만 쌓이고 남아 나를 괴롭혔다.

그 이유에 대해 곰곰이 생각해 보니 나는 힘든 일이나 슬픈 일에 대해서 생각을 많이 하는 편이었다. 어떨 때는 잠을 이루지 못하고 밤새워 고민하기도 했다. 내가 한 실수는 십 년이 지나도 자다가 이불킥을 할 정도로 수치스럽기도 했다. 힘든 일을 곱씹고 되새기다 보니 오래도록 잊혀지지 않는 것이다.

반면에 즐거운 일은 그냥 흘려 보냈다. 때로는 즐겁다는 자각을 하지 못할 때도 있었다. 나는 즐거울 자격이 없다며 즐거움마저도 부정적인 생각 속으로 밀어 넣었다. 결국 이러한 생각의 흐름이 오랜 시간 쌓여서 나는 힘든 삶을 살고 있구나하고 결론짓게 만든 것이다.

혹시 나와 같은 사고의 흐름을 가졌다면 반대로 즐거운 일이 생길 때마다 질문을 던져보자. 이 정도면 살만하지 않은가?

4-4. 번지점프를 하라.

죽는 것도 용기가 필요하다. 죽어 본 적이 없으니 죽을 때 얼마나 아플지, 얼마나 고통스러울지 가늠조차 되지 않는다. 지금에 이 현실보다는 덜 아플지, 죽고 나면 정말 끝인지, 실패해서 혹시 불구인 채로 살아남으면 어쩌지? 내가 죽고 나면 우리 부모님은 괜찮으실까? 이러한 끝없는 두려움이 죽음으로 향하는 발목을 잡는다.

살고 싶지 않았지만, 죽을 용기를 내는 게 쉽지 않았던 나는 번지 점프를 해보기로 했다. 죽을 용기를 얻기 위한 선택이었지만, 우습게도 번지점프 대에 올랐을 때 느껴졌던 감각은 공포였다.

나는 무서운 놀이기구를 아주 잘 타는 편이다. 에버랜드에 가면 T-익스프레스를 3번 이상 타고 와야 직성이 풀리고 바이킹은 끝자리에서도 그네를 타는 기분으로 즐길 수 있는 정도이다. 롯데월드에서는 자이로드롭이나 자이로스윙을 꼭 타고 와야 한다. 하지만 지금도 놀이기구가 높은 곳에서 떨어지기 직전 매 순간 긴장되고 손에 땀이 난다. 내가 죽고 싶지 않다는 것을 여실히 느낄 수 있는 순간이다.

이러한 이유로 무서운 놀이기구를 계속 찾다 보니 어느덧 놀이기구들을 즐기게 되었다. 빠른 스피드에 느껴지는 해방감. 높은 곳에서 내려다 보이는 풍경. 취미랄 것도 좋아하는 것도 없었던 나에게도 좋아한다고 확실히 이야기할 수 있는 무언가가 생겼다는 것만으로도 나에게는 큰 변화였다.

한번은 패러글라이딩에 도전한 적이 있었다. 보기와 다르게 탑승감이 안정적이었다. 무엇보다 하늘을 나는 것 같은 자유로움이 너무 좋았고, 바람을 가르는 느낌이 너무 선명했다. 하마터면 이렇게 좋은 걸 느껴보지도 못하고 죽을뻔했다. 살아서 좀 더 많은 것들을 해보고 싶어졌다.

4-5. 사람은 누구나 시한부다.

나는 내 나이가 아직도 실감 나지 않는다. 고등학교를 졸업하고 얼마 지나지 않은 것 같은데, 시간은 너무도 빨리 나를 중년의 나이로 데려다 놓았다. 그렇게 생각하니 무한할 것만 같았던 나의 시간이 얼마 남지 않았다는 생각이 들었다. 지금까지 살아온 시간은 40년, 앞으로 내가 건강하게 움직일 수 있는 시간은 길어봐야 30년 정도? 오래 살았다고 생각한 적이 없는데 앞으로 살아갈 날은 그보다 더 적게 남았다. 하고 싶은 것이 없다고 생각했는데, 시간이 얼마 남지 않았다고 생각하니 하고 싶은 것들이 마구잡이로 생각났다.

나이가 들수록 시간이 빨리 간다고 하더니 요새는 정말 일 년이 예전의 한 달 같다. 남은 날도 많지 않은 거 같은데 시간도 빨라지니 약간의 조바심이 생겼다. 해보고 싶은 일은 많은데 시간이 얼마 남지 않은 것이다. 이래서 사람은 누구나 시한부라고 하나 보다. 우울한 생각으로 낭비한 내 시간들이 아까워졌다.

그래서 지금은 벼락치기를 하듯이 현재를 살고 있다. 좋아하는 사람들을 마음껏 만나고, 가보고 싶은 곳이 있다면 어떻게든 떠난다. 먹고 싶은 것이 생기면 무조건 먹어야 하고, 하고 싶은 것이 생기면 당장 시작해 본다. 또, 내가 불편한 자리는 구태여 가지 않고, 내가 싫어하는 사람은 피할 수 있으면 최대한 피한다. 내가 좋아하는 사람들을 만나고, 내가 좋아하는 일만 하기에도 시간이 부족하다.

서 수 경

책과 노는 시간

생각을 밝혀주는 책놀이로 디자인하다

도서 제목 및 부제 (가칭)

- 책과 노는 시간 : 생각을 밝혀주는 책놀이로 디자인하다
- 끌리는 책으로 만들기
- 생각 펼치는 책놀이
- 재미와 생각 사이 : 생각의 힘을 길러주는 지속시키는 힘

저자 소개

서수경

인천에서 살다가 자연이 좋아 강화로 들어온 지 올해로 7년이 된다. 오래 묵힌 터전을 벗어나 연고가 없는 강화 살이는 맨땅에 홀로서기인 셈이다. 무의미에서 의미를 담아준 활동은 학부모 동아리 인문수업이었다. 타인을 알아가고 나를 성찰하고, 열린 마음을 녹여내는 소소한 글쟁이 취미생활. 삼형제의 엄마였던 존재에서 이름의 가치를 채워가는 수업이었다.

2017년부터 현재까지 시, 수필, 독후등 다양하게 문집발간 활동에 참여하고 있으며 인천시공모전에서 편지글 부문 시장상을 수상한 바 있다.

생각의 깊이가 무궁무진한 여러 아이들을 만나 책을 통한 인성, 독후, 요리등 다양한 커리큘럼으로 아이들과 의미를 담고 있다. 수업을 만들어가는 주체는 아이들인 만큼 풍성하게 즐기기 위한 놀이연구는 앞으로도 계속된다. 많은 아이들이 배부른 책읽기가 되길 바라는 마음이다.

주요 독자

책놀이 독후활동에 관심 많은 분들께

- 자녀에게 책을 재미있게 펼치고 픈 부모
- 의견나누기, 생각 펼치기, 유추하기 등 책 독후활동으로 폭넓은 시야를 넓혀줄 선생님

• 책놀이 수업에 활동 지침서나 경험적 사례를 찾는 예비 책놀이선생님

기획의 특징 및 차별성

본 책과 비교할만한 책들

도서 제목	저자	출판사/출간년도	내용(콘셉트)
그림책에서 찾은 책읽기의 즐거움	강승숙 외	휴머니스트 2012년	책읽기가 어려운 학생들을 위한 독서 능력 향상 프로그램

[참신성] 다채로운 활동 책놀이

✔ DIY만들기 활동, 요리 활동, 쿠킹 클래스, 확장 놀이, 보드게임을 연계해 아이들의 흥미와 적성에 맞춘 지속적 연구를 녹여냈다.

[흐름의 틈새 비법] 아이들의 수업 중 자투리 시간 활용법

✔ 그룹으로 책놀이를 할 경우 개인 기량과 속도의 차이를 경험한다. 빨리 끝내는 스피드 있는 친구, 꼼꼼하게 작업하는 완벽한 친구들을 포함해 다양한 친구들의 속도차이를 줄이는 비법 공개

[균형 잡힌 스토리] 흥미 유발 → 집중 모드 → 표현하기

✔ 단계별 아이들의 참여도를 높이기 위한 전략 공개

✔ 1:1 내 아이와 가정에서 또는 소수 정예 그룹수업까지 비법 공개

[실용적 효과] 실제 현장감 있는 방법론 제시

✔ 실제 아이들과 수업한 내용을 토대로 현장감 있는 내용 전달

✔ 아이들이 선호하는 책이나 활동 위주 선별

✔ 간접 체험을 익히고 실전 수업이나 활동에 접목가능한 대화식 표기

Contents

나오는 길...

기억에 남는 수업 후기

- 저자 후기
- 해답

서문 및 샘플 원고: 다음 페이지에 첨부

아이가 책을 좋아하면 좋겠다는 바람으로 시작하게 된 것은 책놀이 였습니다. 집중력이 다소 짧은 우리 아이들에게 접근하는 방법은 고민이자 숙제였습니다.

책을 제대로 읽었다는 것은 흥미 유발, 집중 모드, 생각 표현하기까지를 말합니다. 과정에서 아이들의 관심을 끌고 가야하는 재미를 찾는 과정이 무엇보다 중요했습니다.

책놀이 접근은, 일상의 삼시세끼 밥을 먹는 것처럼 일상적여야 한다는 것. 익숙한 듯 접하기 쉬워야 한다는 것은 책에 관심을 높이는데 도움이 됩니다.

독후 과정에 적극성을 얼마만큼 보여주는가에 따라 아이들의 참여도도 달라집니다. 관심이 높다는 것은 생각의 깊이로 파고듭니다.

마치 잘 지어놓은 밥 위에 갖가지 반찬도 얹고, 부드럽게 국이 어우러 진다면 한 끼로 든든히 채워줌은 물론 오랜 시간 지속성을 가지게 됩니다.

걸음마를 뗀 돌 지난 삼형제의 놀이터는 주방 살림이 악기이자 장난 감이었던 기억이 새록 떠오릅니다. 나무젓가락이 마치 드럼 스틱이 되어 어설픈 꼬마 연주자가 되기도 했습니다. 엄마 옆에서 한 치도 떨어짐 없는 껌딱지 삼형제에게 주방은 엄마, 아빠 다음으로 편안한 곳이었을 것 입니다.

그래서 일까요? 올망졸망 아이들이 어느덧 중, 고등학생이 되어 주방에서의 간단 음식이라도 할 때면 여유로운 손놀림은 5년차 주부 못지 않을 정도로 편안해보입니다.

장마가 시작되고 실내의 습한 기운이 맴도는 밥하기 싫은 어느날, 큰 아이가 끝내주는 라면 두 봉지를 끓여 나옵니다. 지금 고등학생이 된 큰 아이는 이따금씩 주방의 오아시스가 되어 줍니다.

"엄마! 제가 저녁 준비할까요?"

마치 자판기에 나온 국물의 황금비율이라니……. 유년시절 아이들의 놀이터로 열린 공간이었던 주방은 아이들의 복합공간이 되어줍니다.

배배꼬인 라면가락은 마치 헤어숍에서 잘나온 펌처럼 얼큰한 국물에 살포시 누워 맛깔나게 유혹합니다. 장마철 입 맛없던 침샘을 깨우는 데 한 몫을 더해줍니다.

남녀노소 즐기는 완성 식품 라면은 기본 분말스프에 얹어진 부재료에 따라 다양한 이름을 갖고, 은혜 받은 맛의 깊이를 갖게 됩니다. 기본이 충실한 라면의 변신.

아들 기호에 맞게 다시 태어난 치즈라면을 보고 있노라니 시 한편을 쓰게 됩니다.

〈어울림〉

새코미 김치 풀어

김치 라면

비릿 짭짜롬 참치 풀고

참치 라면

노오란 강황 풀어

카레 라면
제철 꽃게보신 풀고
꽃게 라면

기꺼이
아우르는 화끈 단짝
총각 김치

 책은 도구에 지나지 않습니다. 무한 상상의 깊이는 별명과도 같은 라면의 다양한 이름처럼 아이들이 채워갑니다. 머릿속 정보로 담기란 강력한 자극이 필요합니다. 경험과 절차로 기억되는 긍정적인 반복과 환경으로 맛있는 책읽기, 재미의 기억이 부재료가 된다면 장기 기억으로 자리 잡고, 서로의 생각트리가 확장적 사고로 뻗어 가게 됩니다. 그러기위해 독후활동의 끊이지 않는 지속성의 원천은 재미가 있어야 합니다.

 책을 좋아했으면 좋겠다는 욕심으로 시작된 다다익선 책읽기에서 아이가 좀 더 다양하게 의미를 두어 표현을 즐기는 책읽기와 체험으로 느껴보는 음식활동 등으로 특별해지는 시간을 갖기까지 과정에 과정을 거듭한 결과, 쉽게 따라해 볼 수 있는 생생한 실제 수업의 현장감을 담았습니다.

 이 책은 아이들에게 맛있는 책놀이를 준비하시는 분들께 도움이 되었으면 좋겠습니다.

책노리 서수경

위를 봐요

대상	초등 3~6학년(최소 10명~ 최대 15명)	
소요 시간	2시간(120분)	
키워드	보는 관점의 차이	협동 구조물

1. 읽기 전에 (관심과 흥미 끌기)

• 아이스브레이킹 : 그림이나 자료를 보고 사실대로 표현하기, 상상하여
유추하기 활동

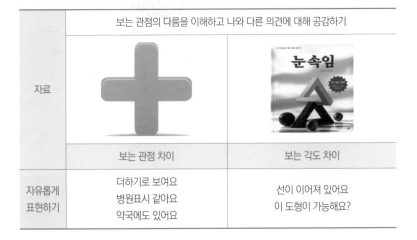

	보는 관점의 다름을 이해하고 나와 다른 의견에 대해 공감하기	
자료		
	보는 관점 차이	보는 각도 차이
자유롭게 표현하기	더하기로 보여요 병원표시 같아요 약국에도 있어요	선이 이어져 있어요 이 도형이 가능해요?

선생님 : 맞아요. 내가 처해있는 환경이나 상황에 따라 보는 관점은
다를 수 있어요. 이럴 때 우리는 생각이 각자 "다르다"고 하죠.
따라서 상대의 의견도 다르다는 시선에게 공감하는 자세도
배우도록 합시다.
이야기책에 있는 그림을 살펴볼까요?

- 작가 간략 정리 후 소개하기 : 정진호 작가님은 어린 시절부터 병원에 잦은 입원이 있었다. 병원 환경에서 동화책을 많이 읽고 몸과 마음을 성장하는 계기가 되었다.

한양대학교 건축을 전공했고, 현재는 동화나 그림책 작가 및 일러스트레이터로도 활동하고 있다. 건축가의 남다른 시선과 공감각적인 관점을 다루어 미술부문 수상 경력도 많다.

(point! 작가 소개할 때 아이들의 집중은 1분도 채 되지 않습니다. 최대한 전달하고자 하는 내용만을 추려 소개하도록 합니다.)

그림을 앞, 뒤를 펼쳐 보여주며 질문하기 →
책 제목에 포스트잇을 붙여 놓고 유추하기

- 보이는 그림은 무엇을 표현했는지 자유롭게 묻고 답하기, 왜 그렇게 생각하는지 발표하기

선생님 : 어떤 것이 보이나요?

아이 : 달마시안 얼룩 모양 같아요. 연이 있고 새도 보여요.

선생님 : 하늘을 가르는 연이 있었군요. 맞아요. 새도 있네요. 그럼 작가는 하늘을 표현 한 걸까요? 달마시안 검은색 무늬는 구름이나 먼지일까요?

아이 : 아니요? 자전거를 타고 있고, 목줄을 달고 있는 강아지가 오줌을 누고 있어요. 길 인것 같아요.

선생님 : 그렇다면 검은색은 무엇을 표현한 것 같나요?

아이 : 사람이요. 움직이는 사람이요.

선생님 : 사람들의 움직임이 어때 보여요? 바쁘게들 움직이고 있네요. 그 중에 서있는 한 사람에게 말풍선이 그려져 있어요. 제목이 기도 한데요. "○○ 봐요!" 뭐라고 말 했을까요?

아이들 : "하늘 봐요." "구름 봐요." 등...

(point! 답이 아니어도 자유롭게 발표 기회를 주세요. 단, 읽기 전에 제목을 공개하지 않고, 책읽기를 마치고 난 후 다시 질문하도록 합니다.)

선생님 : 책 제목은 친구들이 말한 것들을 생각해 보며 듣도록 합시다. 책을 읽고 난 후에 함께 의견을 나눠보도록 할게요.

2. 책 읽기 (경청과 집중하기)

• 꼭! 꼭! 씹어 책읽기

(point! 책 읽기에서 첫 장부터 글보다는 그림으로 곱씹어 이야기 나눌 거리가 많답니다. "어떤 그림일까?" "무슨 장면일까?" "무슨 일이 일어났나요?" 하는 질문을 던지고 아이들이 궁금하여 집중할 수 있도록 해주세요. 그림에 집중해도 좋습니다. 그림을 보고 아이들이 사건의 전개를 이야기 할 수 있도록 합니다.)

선생님 : "무슨 장면일까? 그림을 보고 어떤 내용이 담겨있을지 생각 해 볼까요?"

그림을 보고 한 사람씩 돌아가면서 해당 그림에 한 문장씩 이 야기해봅시다.

그림만으로 사건의 흐름을 유추하여 표현하기

1컷 그림 => 1인 한 문장(순서대로 한 사람씩 이야기를 이어 전개한다)

예)

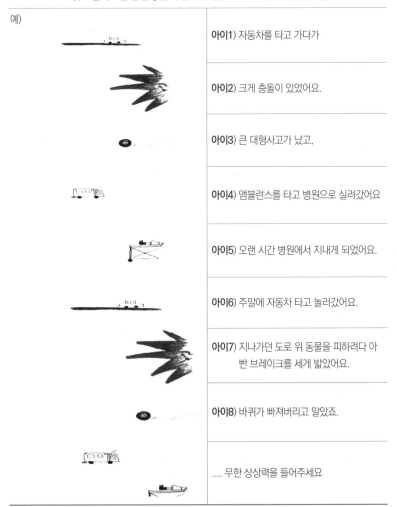

아이1) 자동차를 타고 가다가

아이2) 크게 충돌이 있었어요.

아이3) 큰 대형사고가 났고,

아이4) 앰뷸런스를 타고 병원으로 실려갔어요

아이5) 오랜 시간 병원에서 지내게 되었어요.

아이6) 주말에 자동차 타고 놀러갔어요.

아이7) 지나가던 도로 위 동물을 피하려다 아빠 브레이크를 세게 밟았어요.

아이8) 바퀴가 빠져버리고 말았죠.

.... 무한 상상력을 들어주세요

(point! 그림 탐색 후 1컷 장면에 한 명씩 문장으로 이야기를 하는 것을 원칙으로 하며, 상대 의견에 경청하고 이해하는 자세와 자신의 차례를 지켜 스토리 이어가기)

• 책 읽어주기 : 아이들이 책을 볼 수 있게 펼쳐가며 읽기 또는 자료를
  powerpoint를 활용하여 그림과 글 읽어주기 등 다양하게 선택

선생님 : 책 제목이 뭘까요? (앞표지 펼친 후 제목 유추하기)

아이들 : "위를 봐요"

선생님 : 맞아요. 수지는 지나가기 바쁜 사람들에게 바랬죠. 위를 보
라고~

수지는 왜 베란다에 있게 되었을까요? 주인공 수지에게 무슨
일이 일어났나요?

아이들 : "교통사고가 나서 병원에 실려 갔어요. "
"다리를 다쳤어요."

선생님 : 내가 만약 수지라면 어떤 기분일까요? (주인공 감정 공감하기)

아이들 : "화가 나요." "속상해서 아무것도 하고 싶지 않을 것 같아요."
"슬플 것 같아 눈물이 날 것 같아요."

선생님 : 맞아요. 사고로 한 순간에 많은 것을 잃기도 하죠. 수지는 큰
사고로 많이 놀랐을 것 같아요. 더구나 다리까지 잃게 되어
우울하고 슬플 것 같아요.

• 내용 깊이 이해하기(퀴즈 형식)

Q 수지가 매일 같이 한 행동과 본 것은 무엇일까요?

 : 베란다에서 내려다보는 일, 지나가는 사람들,

Q 내려다보기만 한 수지에게 어떤 변화가 이루어졌나요?

 : 올려다보는 아이(소년)가 생겼고 대화를 나눴어요.

Q 소년이 수지에게 보여준 행동은 무엇인가요?

 : 머리 꼭대기만 보인다는 수지 말에 바닥에 누웠고 지나가는 사람

들에게 위에서 내려다보고 있는 수지를 알린 후 변화를 주었어요.

Q 이듬해 봄, 소년의 도움으로 수지는 어떤 변화가 생겼나요?

: 휠체어를 끌고 용기내서 밖으로 나와 소년과 위를 보게 되었어요.

선생님 : 용기 있던 소년처럼 내가 수지에게 도움을 줄 수 있는 것은 무엇이 있을까요?

아이들 : "이야기를 나눌 수 있는 친구가 되어 줄래요."

"지루하지 않게 게임을 알려주고 멀티 플레이할래요."

선생님 : 보는 관점과 각도에 따라 보이는 것과 가려진 게 있어요. 머리 꼭대기만 보고 있었던 수지에게 가려진 것을 볼 수 있게 해 준 소년처럼, 마음을 다해 용기를 내어준 소년은 힘들었을 수지에겐 은인과도 같죠. 세상을 받아들이게 된 수지에게 가려진 것들과 마주하게 되었으니까요.

우리도 가려진 것을 상상하여 표현해 봅시다.

준비 : 명화프린트, 색도화지(A4), 색연필, 사인펜, 가위, 풀, 지우개, 한지종이(콜라쥬)	

가려진 곳을 상상하여 채워 그리기	우리들의 갤러리

• 갤러리 전시 순서 : 작품에 이름 달기 → 관람 → 작가님의 작품 설명
  → 작가님께 질문하기

(point, 작가님과의 질의 답 시간 갖기 : 아이들의 박장대소하는 대답과 엉뚱 발랄 열띤 전시장이
됩니다)

3. 책으로 놀기 (상상 공작소 협력 표현)

선생님 : 갤러리 작가님이 되어 보니 무엇을 하든 용기가 생길 것 같아요.
  "위를 봐요" 책 작가가 무엇을 전공을 했다고 했죠? 맞아요.
  건축학과였어요.
  정진호 작가가 되어 조건에 맞는 구조물을 만들어 볼 거예요.

〈구조물 세워 용기 있는 친구되기〉

1. 책꽂이에 있는 도서로만 활용해야 해요.
2. 첫 번째 미션 : 높이 높이 쌓아라.
3. 두 번째 미션 : 터널을 만들어라
4. 세 번째 미션 : 비탈길을 만들어라
5. 세 가지 미션 중 택 1일하여 3명이 한 팀으로 이뤄 구조물을 완성해야
   해요.
6. 제한시간은 20분입니다.

• **책 주인공이 되어 용기 있는 친구 되어보기**

선생님 : 시간이 다 되었어요. 구조물이 무너져 다시 완성한 친구나
  친구와 의견을 나눈 친구들 덕분에 모두 튼튼한 구조물을
  완성할 수 있었어요.

아이들 : "선생님! 저는 꽃밭을 만들었어요."
  "미끄럼틀 만들었어요."

"저흰 3층 건물이요."

(point, 선생님께선 구조물 완성 후 구조물을 피해 바닥에 마스킹테이프로 출발점과 도착점을 표시해주세요.)

선생님 : 멋진 구조물을 만들었네요. 잘 만든 구조물을 피해 도움이 필요한 친구를 안전하게 도착지점까지 안내하는 놀이를 할 거예요. 도움이 필요하다면 언제든 용기 있는 친구가 되어 줄 준비가 되어있겠죠?

〈협력 미션을 해요〉

1. 함께 구조물을 만들었던 3명의 친구 중 역할을 나누어야해요.
2. 3명 중 1명- 눈을 감고, 1명- 안내하는 친구, 1명- 비탈 구조물에 대기 역할로 나누기.
3. 눈을 감은 친구는 탁구공 1개 손에 쥐고, 안내하는 친구의 도움으로 구조물을 피해 마지막 관문인 비탈 구조물까지 탁구공을 전달.
4. 마지막 관문(비탈 구조물)에서 대기하고 있는 친구에게 탁구공을 건네고 전달 받은 탁구공을 굴려 도착지점 선에 들어오면 팀 전원 성공.

단, 구조물이 무너지거나 안내를 제대로 전달 받지 못해 길을 찾지 못한다면 출발점에서 다시 시작. 이 때, 역할을 서로 바꿔 진행할 수 있다. 역할을 교체하는 동안 쓰러진 구조물은 2분 동안 상대팀이 나와서 쌓아준다.

(point, 놀이에서 실패의 경험은 아이들을 성장시킵니다. 끝까지 할 수 있도록 방향을 제시해주고, 해낼 수 있을 때까지 참여하는 아이들을 포함해 "모두 기다려 줄께"라고 독려해주세요. 서두르면 불안한 감정으로 실패에서 벗어나기가 어렵습니다.)

선생님 : 전원 성공

(point, 성공의 경험. 아이들은 환호하며 좋아합니다. 서로가 힘이 되어 해냈으니까요.)

아이들 : "미션 성공해서 완전 뿌듯해요."

"재밌었어요."

"이렇게 쉬운 길도 눈 감으니 어디로 가야하는지 발이 떨어지지

않았어요"

"다음에 무슨 책 읽어요?"

활동사진

4. 활동을 마치며…….

보는 관점에 대해 다름을 이해하는 것은 타인에 대한 입장을 이해하고,

공감하는 자세의 기본입니다. 주인공 수지의 마음을 같은 입장에서 공감하

며 바라봐 준 아이의 시도는 굳게 닫친 세상에게 도전할 수 있는 용기를 줍니다.

포기하는 좌절보단 할 수 있다는 믿음으로 도전해 보는 긍정적인 태도도 가져보면 어떨까요?

아이들과 협동하여 구조물 세우기를 할 때, 의견을 나누던 아이들 모습은 인상 깊었습니다. 무너지면 다시 도전. 안전에게 쌓는 방법을 스스로 터득해 갑니다. 무너져 내린 감정은 읽어주되, 아직 시간이 많이 남았으니 재도전을 독려해줍니다. 기다려주시고 한 만큼에 대한 충분한 칭찬도 잊지 말아야 합니다.

구조물 전개는 생각하기 → 세우기 → 시행착오 → 의견조율 → 협동 미션 → 시행착오 → 의견조율의 과정을 반복하며 놀이 속에서 실패의 경험을 쌓아갑니다. 다른 대안을 찾으며 마음의 성장도 키웁니다.

상황이 힘든 친구에게 도움을 주는 활동에서 미션까지 성공을 한다면 우리가 해냈다는 성취감을 만끽하게 됩니다. 그 동안 몇 번에 걸쳐 허물어졌던 구조물을 보며 속상해했던 것쯤은 거뜬히 견뎌냅니다.

나와 타인의 입장이 되어 서로 생각해보는 시간을 가져보았고, 공감의 자세와 태도를 배워봅니다. 작지만 큰 변화가 될 수 있는 나의 작은 용기는 무엇이 있을까 생각해보며 발전 할 수 있는 나를 상상해 보는 시간을 가져봅니다.

서 수 영

모두 달려갈 때 멈춤을 선택했습니다

하마터면 우아하게 살 뻔했다 : 진짜 나로 살아가는 진짜 이야기

도서 제목 및 부제 (가칭)

- 모두 달려갈 때 멈춤을 선택했습니다
- 하마터면 우아하게 살 뻔했다 : 진짜 나로 살아가는 진짜 이야기
- 수영 씨, 퇴사하고 뭐하게
- 눈 떠보니 안식년 : 내 마음에 눈 뜨다
- 안식년 100% 활용하기
- 안식년(멈춤)으로 진짜 나를 찾는다
- 우아한 삶? 내가 원한 건 그게 아닌데
- 안식년(멈춤)을 통해 내인생의 조연에서 주연으로
- 안식년(멈춤)의 적정 온도
- 멈춤의 온도
- 멈춤의 태도

저자 소개

서수영

10년동안 직장에서 근무하며 영업지원팀 팀장을 역임하였다. 육아휴직과 동시에 경단녀로 두 아이를 키우며 틈틈이 독서와 자격증 공부를 하여 재취업에 성공하였다. 9년동안 독서논술을 업으로 삼아오다 2023년 1년의 안식년을 스스로에게 선물했다. 어느 날 자주 오르내리던 산에서 내려오며 내면의 목소리를 듣게 된다. '진짜 나로 살아라!' 그 소명을 무시하지 않고 내 삶에 적용하며 1년을 보내고 이 책을 집필하게 되었다. '외부의 조건에 끼워 맞춰 살던 나'에서 '진짜 나'로 거듭난 모습이 담긴 이 책을 통해 지치고 힘든 그들에게 내 경험이 도움이 되길 바란다. 난 여전히 도전 중이며 진짜 나로 살아가며 매일이 설렌다.

주요 독자

- 지치고 에너지가 바닥인 직장인
- 이 길이 아닌 줄 알면서도 계속 달려가기만 하는 30-40대 직장인
- 멈추고 자신을 돌아볼 기회가 필요한 30-40대
- 인생의 전환점을 통해 진짜 나를 찾고 싶은 사람
- 외부 조건이 아닌 내면의 목소리로 살아가고 싶은 30-40대

기획의 특징 및 차별성

- **저자의 경험인 1년의 멈춤 기간(안식년) 동안의 단계별 변화를 구체적으로 체험할 수 있다.**
- ✔ 1단계 : 안식년 1-3개월차 [수]- 설렘과 두려움의 단계 / 다양한 경험을 시도하며 마음의 물이 샘솟는다
- ✔ 2단계 : 안식년 4-7개월차 [류]- 혼자이기에 더욱 성장하는 단계 / 내 안의 물이 방향을 찾아 흐르기 시작
- ✔ 3단계 : 안식년 9-11개월차 [화] - 나를 신뢰하며 단단해 지는 단계 / 씨앗이 움트고 꽃 봉오리가 맺는다.
- ✔ 4단계 : 안식년 1년차 [개]- 모호함에서 명확해지는 단계 / 꽃 봉오리가 열리며 진짜 내가 된다.

- **수류화개**란 '물이 흐르고 꽃이 피는 곳'의 뜻으로 어디를 막론하고 자기 삶 속에 물이 흐르고 꽃을 피우도록 해야 함을 이른다. 다른 먼 곳이 아닌 자신이 서 있는 그 자리, 자신의 내면에서 수류화개를 발현하여야 한다. 이처럼 외부가 아닌 내면의 수류화개를 인용하여 안식년을 4단계로 나누어 변화의 그림을 배치하였다. 저자의 경험과 수류화개의 정신을 함께 적용하여 각 단계를 설정하여 신선함을 더하였다.

- 외부 조건에 따르는 삶과 진짜 나로 살아가는 삶의 중간지점의 통로에 대해 잘 설명하고 있다. (나로 가는 징검다리) 그 과정에서 모호하고 불확실한 상황을 지나면 확실하게 진짜 나의 삶으로 갈 수 있음을 알려준다.

- 멈추기를 두려워하는 지친 30-40대들이 고민과 궁금증 해결 방법 제시
  → 각 장마다 [Q&A]를 삽입하여 경험과 인물들의 사례를 바탕으로 답변

- 독자층이 얻을 수 있는 것과 궁금한 것
  ✔ 멈추면 어떻게 시간을 보내야 할까?
  ✔ 열심히 살았는데 왜 공허함이 밀려오는가?
  ✔ 멈추고 싶은데 멈추기가 어렵다.
  ✔ 멈추었을 때 어떤 일이 일어나는가?
  ✔ 멈추었을 때 어떤 태도가 필요한가?
  ✔ 내가 뭘 원하는지 잘 모르겠다.
  ✔ 멈추면 뒤쳐질 것 같고 다시 일어서지 못할 거 같아 불안하다.
  ✔ 꼭 멈춤이 필요한가?
  ✔ 나 답게 산다는 것은 무엇인가?
  ✔ 멈추고 인생을 다시 시작한 인물들이 궁금하다.
  ✔ 누구는 멈추고 누구는 멈추지 못하는가?

Contents

불안함은 당연하다.

시간은 오로지 내 것. 자율성 100% (자유)

내면의 목소리

몰입 독서의 중요성-안달 난 독서

변화의 시작점

옳은 선택이란

〈Q & A〉멈추면 뒤쳐지고 다시 일어서기 어렵지 않을까요?

3장 流 (안식년 4-7개월) 외롭기도 한 지금, 이 길이 맞는 걸까?

내 안에 맑은 물이 고이고 그 안을 가만히 들여다보는 시기. 흙탕물이 가라앉으며 고요히 내 마음을 본다. 성공 속에 없던 나, 내 인생이라는 영화에 주연이 아닌 조연으로 살았던 나, 현실을 보며 내가 진짜 원하는 삶이 무엇인지 생각한다. 멈추었더니 진짜 나로 살기가 시작되는 그 지점이 여기서부터이다. 혼자인 시간이 많아지면서 자유롭던 나에서 외로움을 느끼는 시기이다. 오히려 혼자이기에 성장가능하고 일부러 라도 이런 시간을 보내야 한다. 내 안의 물이 길을 찾아 흐르기 시작한다.

그대로의 나로 살기

마음의 근육

성공 안에 내가 없었다

혼자가 뭐 어때서?

선명해지는 꿈과 삶

내 인생 조연에서 주연으로

나로 가는 징검다리 (영웅의 여정)

〈Q & A〉앞으로 갈 길이 보이지 않아 불안해요.

4장 花 (안식년 8-11개월) '나를 믿는다'는 주문이 필요합니다.

내 삶에 꽃은 피우기 위해서 씨앗을 뿌려야 한다. 그동안 무수히 뿌려진 씨앗 속에서 어떤 녀석이 싹을 틔우고 꽃을 피울까? 내 마음에 흐르는 물로 밭을 일구고 퇴비를 주며 잘 가꾸는 시기. 나만의 세계를 일구는 시기. 이제 기다림과 인내가 필요하다. 고통과 슬픔의 서막의 관문을 거쳐야 한다. 그러면서 두번째 성장을 향한 자신의 이해가 필요하다. 개인적으로 하마터면 우아하게 살 뻔했던 인생의 변곡점. 진정 내가 원하는 삶을 알고 그 길로 뚜벅뚜벅 걸어가기 시작한다. 똑똑함보다는 지혜를 곰돌이 푸우에게 배운다. 내면을 다지며 울트라 멘탈을 만든다. 그렇게 나만의 씨앗이 움트고 꽃봉오리를 만들어내고 있다.

씨앗을 뿌리다
고통과 슬픔의 서막
드디어 성장이다. 성장 자신감
부드러움이 단단함을 이긴다 & 단단해지기
나에게 도전
곰돌이 푸우에게 배우는 지혜
나만의 세계
〈Q & A〉꼭 멈춤이 필요할까요?

5장 開 (딱 1년-12개월) 모호함에서 명확함으로 가고 있습니다.
(지금 시점은 안식년 8개월 차 이기에 이건 예상입니다.)

딱 일 년이 되는 이 지점에서 과거를 돌아보게 된다. 일 년 전 내 모습과 지금의 내 모습. 난 나로 살 수 있게 된 것만으로도 엄청난 신비를 경험했다. 그 때 멈추지 않았다면 어찌 되었을 지 상상이 되지 않는다. 지금은 작가로서 품은 꽃봉오리에서 꽃이 열리고 있다. 내 인생의 꽃은 매년 때때로 계속 열릴 것임을 확신한다. 난 내가 바라는 대로 내가 이룰 수 있는 것은 이룰 수 있다는 신비의 힘을 경험했다. 그 힘은 자신을 믿는 사람 누구나 가질 수 있다.

다음은 당신 차례이다.

수유화개2-멈춰서 새롭게 시작할 수 있었다

작가가 되다

내가 생각하는 대로 꿈이 이루어진다

여유-나에서 세상을 향한 호기심으로 나아가다

인생 2막이 열리다

〈Q & A〉나 답게 산다는 것은 무엇인가요?

다시 시작하는 글_내 세계를 향해 다시 시작하다.

• 저자 후기

• 참고 문헌

서문 및 샘플 원고: 다음 페이지에 첨부

진정한 나로 살아기기 위한 때를 알아차리는 용기

심신이 지쳐 있던 나는 시간을 내어 동네 산에 올랐다. 여느 날과 다르지 않았다. 동네 산 정상의 자그마한 정자에서 커피믹스 한 모금으로 흘린 땀을 위로하고 내려오던 길이었다.

정자에서 이어지는 내리막은 이 산에서 가장 급한 경사로이다. 온 몸을 바짝 긴장하고 발을 내디뎌 경사로의 중간 지점을 지나는 순간이었다. 알 수 없이 눈물이 그렁그렁하더니 마구 쏟아지는 것이다. 급기야 꺼이 꺼이 넘어가는 숨이 목젖을 마구 흔들어 댔다. 땀에 절어 있는 손수건으로 흐릿한 눈앞을 닦아내며 산비탈에 발을 내디뎠다. 산을 어떻게 내려왔는지 기억이 나지 않는다. 알 수 없는 내면의 신호 같은……. 뭔가 나에게 전하고픈 메시지가 있다는 듯 가슴을 울리고 연신 눈물을 흘려보냈다. '제발 내면의 목소리를 들어달라'며 나를 전율케 했다. 더는 이대로 안되니 당장 나의 자리를 찾아 떠나라는 강력한 목소리가 들려왔다. 분명한 메시지가 자막처럼 머릿속에 떠올랐다.

지금 멈추지 않으면 안된다.
삶의 전환기를 맞아야 한다.
나만의 세계를 구축하기 위해

내 안의 목소리에 귀 기울여라.

지금까지 살아왔던 삶에서

앞으로 살아가고 싶은 삶을 준비하는 시기.

타인의 시선이 아닌

내가 주인 되는 시선이 되라.

책을 통해 쓰기를 통해

스승을 찾고 나를 찾아라.

내가 바라는 건

'내 세계를 갖는 것'

단지 그것뿐이다.

내면의 목소리는 끊임없이 자신에게 신호를 보낸다. 나의 경우처럼 불현듯 눈물로 신호를 보내기도 하고 어떤 이는 몸이 아픈 것으로, 또 어떤 이는 심신이 탈진되어 무기력으로 찾아올 것이다. 그러나 그 신호를 알아채는 사람은 얼마나 있을까?

대체로 무슨 신호인지 눈치채지 못하거나 그냥 무시하는 경우도 있을 것이다. 외부의 시선에 사로잡혀 내면의 시선까지 신경 쓸 겨를이 없을지도 모른다. 진정 내가 무엇을 원하고 어떤 방향으로 나아가고자 하는지를 알지 못하면 결국 곪아 터진 자신을 마주해야 할 수도 있다. 외부로 향한 시선을 거두고 내면으로 옮겨와 자신이 진정 무엇을 원하는지 귀 기울일 때이다.

지금도 멈추지 못해 계속 달리며 고통스러워하는 이들이 많을 것이다. 내면의 목소리에 귀 기울이며 자신의 길을 뚜벅뚜벅 걸어가길 바라며

이 책을 쓴다. '진정한 치유는 자기 자신이 되는 것이다.' 카를 융의 말처럼 우리는 자신을 혹사하는 것이 아닌 진정한 나로 살아가는 법을 배워야 한다. 모두 달릴 때 멈춤을 선택한 이후 나의 삶의 변화를 책 속에 생생히 그려냈다. 이 책이 내 세계를 갖고자 하는 사람들에게 길잡이가 되어 주기를 간절히 바란다.

사과가 떨어졌다
만유인력 때문이란다
때가 되었기 때문이지

이철수 판화 〈가을 사과〉에 쓰인 한 줄의 글이다. 뭐든지 때가 있다. 어떤 실행에도 때가 있다. 진정한 나로 살아가기 위한 때를 알아차리는 용기가 지금 이 순간 시작되길 바란다.

불행의 열차티켓

처음에는 이 열차에 탑승해 달려가지만, 시간이 지나며 이 열차의 목적지가 내가 원하는 곳이 아님을 인지할 때가 있다. 또는 이 열차의 목적지를 모르더라도 이제는 내려야 할 때임을 인지할 때가 있다. 그러나 우리는 끓는 물에서 서서히 죽어가는 개구리처럼 속수무책으로 아무 액션을 취하지 않고 그저 몸을 맡긴 채 달려간다. 쉼을 인정하지 않는 듯 끊임없이 어디론가 달려가는 열차에서 우리는 불행의 열차티켓을 손에 꼭 쥐고 있다. 우리 내면이 서서히 죽어가고 있는지도 모른 체.

나에게 이 열차가 처음부터 불행의 열차는 아니었다. 10년 전 우연히 올라탄 열차였지만 그 안에서 희로애락을 경험하고 성장을 거듭하였음은 자명하다. 사회적 이슈와 역사적 지식에 관심을 두고 꾸준히 공부할 수 있도록 기회가 주어졌으며 세상을 바라보는 시야가 넓어지고 더 나아갈 수 있는 동력이 생겼음도 인정한다. 이러한 과정들은 도구로써 나의 성장을 돕기도 하지만 궁극적으로 자아실현을 하기 위해서는 직업적 행위 또한 내면과 결을 같이 해야 한다. 이제 이 열차가 나와의 인연이 다 되었음을 알아차리는 순간이 다가왔다. 내면으로부터 나는 너무 지쳤고 멈출 때가 되었다는 신호가 끊임없이 보내졌다. 곧 내리지 않는다면 지금부터 이 열차는 불행의 열차가 될 것임이 확실하다. 끔찍한 하루하루가 열리는 열차에서 하루라도 지체하고 싶지 않았다. 열차에서 어떻게 든 내려야 한다는 내면의 울림은 눈덩이처럼 커지고 있었다.

어떤 이에게는 열렬히 타고 싶은 선망의 열차, 한 번 타면 붙박이처럼 눌러앉고 싶은 열차, 누가 봐도 눈부신 열차일 수도 있다. 하지만 자신에겐 그저 불행의 열차일 수 있다. 그 열차에서 내리려면 용기가 필요하다. 우리는 기존의 틀에서 벗어나는 것을 무척 불안하게 여긴다. 그 틀을 벗어나면 불확실성과 마주해야 하기 때문이다. 불확실함과 모호함은 불안함으로 이어지고 다시 성급히 아무 열차나 올라탈 가능성도 존재한다. 변화보다는 안전함을 선택함으로써 큰 위험 부담에서 벗어나고자 하는 심리이기도 하다. 변화를 원하지만, 변화와 용기 있게 마주하는 것은 다른 차원의 이야기이다. 이때 우리는 어떻게 변화의 용기를 가질 수 있을까?

내가 불행의 열차에서 내릴 수 있던 것은 다행히 먼 미래까지 내다보며 행동하는 신중한 성격이 아니었기 때문이기도 하다. 그 말은 너무 미래까지 계산해서 생각하다 보면 어떤 결정도 내리기 쉽지 않다는 것이다. 또한 걱정이 많거나 겁이 많은 경우도 변화에 비협조적일 것이다. 신중하지 못한 성격이나 걱정이 없는 성향이 무조건 좋다는 것이 아니다. 멈추는 용기에 나의 어떤 특성이 방해되는지를 잘 파악한다면 결단을 내리는 데 도움이 된다는 것이다. 나의 경우 자신이 하고 싶지 않은 일을 계속할 수 없음을 충분히 이해했고, 지친 나를 그냥 모른 척할 수가 없었다. 내가 멈추어도 괜찮을 환경인지는 충분히 살펴보았다. 그리고 무엇보다 중요한 것은 그만둔 이후 내 삶의 불확실성과 모호함은 변화하기 위한 통과의례임을 이해해야 했다. 불확실성과 모호함은 성장하는 데 있어 무척 중요한 징검다리와 같다. 누군가 만들어 놓은 확실하고 명확한

길로만 간다면 그저 내 삶이 아닌 타인의 삶을 흉내 내며 사는 것 그 이상 그 이하도 되지 않는다. 반드시 거쳐야 하는 그 과정을 뚜벅뚜벅 헤쳐가는 사람만이 자신만의 길을 만나게 된다. 궁극적으로 진짜 나를 발견하는 것이다.

그렇게 나는 꽉 쥔 불행의 열차티켓을 놓아버리고 이 열차에서 당당하게 내리려 한다.

수류화개

"물이 흐르고 꽃이 피는 곳이 어디이겠는가? 물론 산에는 꽃이 피고 물이 흐른다. 그러나 꽃이 피고 물이 흐르는 곳이 굳이 산에만 있으란 법은 없다. 설사 도시의 시멘트 상자 속 같은 아파트일지라도 살 줄 아는 사람이 사는 곳이면, 어디서나 그 삶에 향기로운 꽃이 피어나고 그 둘레에는 늘 살아 있는 맑은 물이 흐를 것이다." -법정『텅 빈 충만』-

어떤 젊은이가 법정 스님이 머무는 산사에 찾아와 물이 흐르고 꽃이 핀다는 수류화개 실이 어디냐고 묻는다. 스님은 그 물음에 "이 곳 저 곳 헤매지 말고 지금 그 자리 자신이 머무는 곳을(마음) 들여다보라"고 답한다. 법정 스님의『텅 빈 충만』의 '수류화개'에 나온 대목이다. 우리는 끊임없이 파랑새를 찾아 외부로 겉돈다. 달리고 달리지만 결국에는 내 마음 안에 해답이 있음을 알게 된다. 사람마다 그 시기는 다 다르겠지만… 우리가 찾아 헤매는 '수유화개'는 이상적인 나의 성공, 금전적 풍요, 타인에게 받는 관심과 인기 등 물질적인 것과 지나친 욕심으로부터 비롯된다. 그러나 결국엔 공허함과 괴로움으로 되돌아올 수밖에 없는 현실이다. 진정한 '수류화개'가 무엇인지 안다면 달려 나가는 것이 아닌 그 자리에 멈추어 내 마음을 들여다보는 것부터 시작되어야 함을 깨닫는 순간이다.

나는 엉뚱한 곳에서 '수류화개'를 찾아 무작정 달리며 이리저리 헤매던

시절이 있었다. 남들이 한다면 귀가 솔깃하여 나도 한술 떴다. '이렇게 해야 한다더라 저렇게 해야 한다더라' 이리저리 휘둘렸다. 그때는 그래야 내가 원하는 방향으로 갈 수 있다고 생각했다. 그것이 남들에게 인정받는 길이고 잘하고 있는 나를 증명하는 길이었다. 또한 그래야 맘이 편해지기도 했다. 경로를 이탈하지 않는 최선의 방법이라는 그 생각이 얼마나 어리석었던지?

어떤 이는 자기 능력을 증명하며 살고 어떤 이는 자신이 성장하는 길을 걸어가며 산다고 한다. 때로는 자기 능력을 증명해야 하는 때도 있다. 그러나 좀 더 비중을 두어야 하는 삶은 성장하는 삶이다. 내 능력을 증명하며 산다는 것은 끊임없이 나의 능력치를 보여주고 인정받았을 때 의미를 부여한다. 성장하는 삶은 내면의 목소리에 귀를 기울이고 그 길을 따라가며 배우는 삶이고 성장하리라는 자신에 대한 믿음 또한 점점 커지게 될 것이다. 내 능력을 증명한다는 것은 어쩌면 그 기준이 내 안에 있지 않고 외부에 있다. 외부에서 검증받아야 하는 것은 내부로부터 시작되었다 해도 결국인 외부의 조건에 맞아떨어져야 한다. 그렇게 되면 점점 내 삶의 기준이 외부가 되고 앞서 얘기한 것처럼 엉뚱한 곳에서 '수류화개'를 찾아 헤매고 있을지도 모른다.

그랬던 나는 지금 이 자리에 그대로 멈춰 서려 한다. 내 마음을 들여다보고 주변을 둘러볼 여유가 가져본다. '어떤 방향이 좋은 방향'이냐가 아닌 '내가 원하는 방향'을 바라볼 수 있는 준비를 하는 중인 거다.
'수류화개' 이리저리 헤매지 말고 지금 이 자리에서 멈춰 내 마음을 들여다볼 때이다.

서 정 혜

식물을 키우다 육아를 만나다.

식집사 & 초보 엄마 콜라보레이션

도서 제목 및 부제 (가칭)

- 식집사 & 초보 엄마 콜라보레이션
- 식집사, 초보 엄마의 동고동락
- 식선생의 육아 팁
- 식물과 육아의 희·노·애·락
- 식집사와 초보 엄마가 서로에게 건네는 따뜻한 위로와 위안
- 다정한 눈길, 손길에 아이도 식물도 자란다.
- 식물을 키우다 육아를 만나다.

저자 소개

단비(가뭄에 한 줄기 단비-한자 이름의 뜻풀이가 필명)

식물 키우기부터 라탄, 가죽, 마크라메, 양말목, 뜨개질, 손바느질, 정리 수납과 같은 다양한 취미 활동을 통해 일상에서 즐거움을 찾아가는 인생 2막 새내기입니다.

어떤 상황이든 불안보다는 해결책을 찾기 위해 노력하며, 대화와 소통을 통해 주변 사람들과 공감하며 함께 하는 삶을 즐기고 있습니다.

초보 엄마이자 식집사인 저는 성찰을 통해 성장하는 중입니다.

주요 독자

- 30대, 40대, 50대 주 양육자[육아 맘, 육아 대디, 육아 그랜맘]
- 예비 육아 맘
- 새로운 시각으로 자녀와의 소통을 원하시는 육아 맘
- 식물과 육아의 매칭이 궁금하신 분들

컨셉

차별화 요소(컨셉 포인트) 3가지 정리

1. 식집사와 초보 엄마의 결합-위로와 위안

나는 늦깎이 초보 엄마다.

식집사의 일상 속에서 육아의 공통점을 발견하고 초보 엄마에게 말을 건넨다. 그 후 식집사는 초보 엄마의 든든한 동지가 된다.

손길 가는 것 애정 쏟는 것도, 잠시 한눈팔거나 소홀해지면 탈이 나는 것 그 모두가 내가 느끼는 식물 키우기와 육아의 공통점이다.

식물을 키우며 겪었던 경험에서 얻은 깨달음이 조금씩 쌓이고, 그것을 다시 육아에 적용해 보는 나만의 노하우가 생겼다.

2. 식선생의 육아 팁-육아 적용 사례-상황별 식물 사진 첨부

식집사가 들려주는 생생한 경험을 식선생의 육아 팁으로, 초보 엄마가 들려주는 육아 적용 사례를 상황 설명과 대화 화법으로 표현한다.

상황별 식물 사진 첨부-소통과 공감의 확대

식물의 생태를 통해 덤덤하게 때로는 냉정하게 나의 육아를 돌아본다. 그리고 성찰을 통해 한걸음 한걸음 나아간다.

3. 식물로 소통하고 공감하는 육아 이야기-정서적 유대감, 스트레스 해소

코로나19 대유행기간 동안 외부 활동에서 실내 활동으로 영역이 바뀌게 되고 식물에게 대한 관심이 높아지게 되었다. 식물 재테크, 식물 테라피와 함께 '반려식물', '식집사'라는 신조어가 생겼다.

나에게도 사람과의 교류에서 식물과의 교류로 터닝포인트가 된 시점이기도 하다.

식물 키우기가 적성에 맞지 않아 이별을 하신 분, 저처럼 식집사가 되신 분들도 있을 것이다.

육아의 길을 함께 걸어가고 있는 많은 분들에게 전문적인 지식 전달보다 동네 언니랑 수다 떨듯 편안하게 식물과 육아에 대한 이야기를 하려 한다.

고개 *끄덕끄덕* 공감할 수 있으면 참 좋겠다.

Contents

여는 글

'똑똑똑'

'스르륵~'
내 인생 새로운 문이
열리는 순간

이 세상의 것이 아닌
빛으로,
숨결로,

내 안으로
들어왔다.

하나의 탯줄로
영원한 우리가 되었다.

벅차올라 눈물이
'주르륵'

첫 경험이었다.

엄마가 되었다.

나에게는 최애 마법 스킬이 있다.

눈 뜨면 커피 한 잔, 늦은 밤 커피 한 잔
하루의 시작과 끝을 알리는 각성 마법
라면, 튀김, 만두 3종 하루라도 안 먹으면 입안에 가시가 돋치게 만드는
밀가루 마법
독서와 클래식은 최면 마법

이 모든 마법을 '무'로 만드는 최강 마력을 지닌 아이가 나타났다.
**생명의 탄생! 평범하던 일상이 온통 행복으로 물든다. 너와 함께하는
모든 것이 기쁨이다.**
결혼 후 세 번의 아픔을 겪고 임신에 성공했다. 기쁨도 잠시였다. 달아나
버릴까 불안함에 하루하루 긴장의 시간이었다. 마침내 내 인생 또 하나
의 문이 열리고 '엄마'라는 이름을 선물 받았다.
최고는 아니더라도 먼저 모범을 보이는 엄마가 되려고 다짐한다.

'꼼틀꼼틀'
'빼꼼~'

여기요 여기!
나예요.

앙증맞은 몸짓으로

나를 불러 세운다.

신비로움,
설렘,

첫 경험이었다.

식집사가 되었다.

코로나19로 인한 일상의 변화로 인해 만남이 힘들어지는 시기였다.
그러던 중 나만의 식물들과의 인연을 맺게 되었다. 처음엔 몇 개의 화분
이었지만, 점차 200개 이상의 다양한 크기의 식물들과 함께하게 되었다.
이를 통해 더 체계적인 식물 관리의 필요성을 깨닫게 되었고, 식물 수업도
듣고 생태적인 삶에 대해 고민하게 되었다.
그중에서도 씨앗을 심고 싹을 틔우는 과정이 정말로 인상적이었다.
생명의 탄생! 초조함과 기다림이 가져다주는 감동의 순간

씨앗을 심고 싹이 올라오기까지 보고 또 보고
혼자가 외로워서인지 요 녀석이 자석 마법 스킬로 내 눈과 발을 자꾸만
끌어당긴다.
아욱, 쑥갓, 상추, 바질, 키작은 해바라기, 금잔화, 채송화……
씨앗을 심는 과정에서 메모를 남기면서 또 다른 즐거움을 느낄 수
있었다.
날짜와 간단한 메모를 그림이나 사진과 함께 남기면서, 마치 아이를
기다리는 엄마의 마음처럼 식물과의 만남을 기록하는 것은 정말로 특별한

경험이다.

식물을 키우며 함부로 만지면 안 되는 이유는 식물도 감각이 있기 때문이다. 또한 식물은 빛뿐만 아니라 소리에도 민감하게 반응하며 성장한다.

같은 식물이라도 주변 환경과 조건에 따라 영향을 받을 수 있다. 또한 식물의 종류에 따라 필요한 환경 조건이 다를 수 있다.

따라서 특정 식물을 키우려면 해당 식물의 성장 조건에 맞는 적절한 환경을 제공해야 한다.

식물이 성장하는 데는 빛, 온도, 습도, 토양, 비료, 바람 등 이 모든 것이 꼭 필요하다. 이중 어느 것 하나 중요하지 않은 것이 없다.

이와 비슷하게 육아에도 영양, 환경, 관심, 사랑과 세심한 보살핌이 필요하다. 이 모든 것이 조화롭게 갖추어실 때, 아이는 건강하게 성상하며 발전할 수 있다.

아이마다 기질과 성격이 다르므로 개별 맞춤형 양육 방식을 통해 아이는 자신만의 개성을 유지하면서 성장할 수 있다.

식물과 아이를 키우는 과정에서 필요한 것은 마음에 품고 세심한 배려와 지속적인 관심을 주는 것이다.

어느 날 분갈이와 가지치기를 하던 나를 보며 궁금한 듯 아이가 다가온다.

"엄마, 뭐해?"

"응, 식물의 뿌리가 화분 속에 꽉 차서 더 큰 화분으로 바꿔줘야해. 그래야 더 많은 영양분을 먹고 튼튼한 뿌리를 내려서 키도 쑥쑥 잎도 쑥쑥 자라게 돼."

"엄마 힘들지?"

"괜찮아. 우리 아들도 밥 잘 먹고 키 쑥쑥 커질 때마다 옷도 사고 신발도 사주지?"

"응"

"식물이랑 너랑 말을 안 해도 지켜보다가 잘 성장할 수 있게 엄마가 도움을 주는 거야."

식물의 성장과 아이의 성장 사이에 공통점을 찾게 되었다. 아이와 식물을 함께 관찰하며 성장을 도와주는 육아의 의미를 깨닫게 된다.

이러한 경험담을 통해 육아에 관심 있는 독자들과 함께 공감하고, 아이와 식물을 비교하며 얻은 교훈을 통해 더 나은 육아 방법을 고민하며 성장하는 과정을 함께 나누고 싶다.

2. 온 마음을 다해……

• 예민한 '똑똑이'-싹~떡잎~본잎~

청각, 촉각, 미각이 예민해도 너~~~무 예민한 '똑똑이'
재우는 데는 적어도 30분 이상이 걸렸다.

노래 불러주고, 이야기 들려주고, 안방을 수십번도 넘게 왔다 갔다 한다.
잠들었겠지? 아기 띠 위로 덮어놓은 블랭킷을 살짝 들춰본다.
말똥말똥한 눈이 마주친다.
웃어야 할지 울어야 할지…….

간신히 재웠다. 들숨을 마시고 날숨에 눕힌다. 어김없이 등 센스가 발동
하면 나의 자유는 날아가고 또다시 입은 흥얼흥얼~, 손은 토닥토닥~,
다리는 흔들흔들~
전투태세 돌입이다.
이래저래 깨는 일도 다반사.
전화벨 진동 소리에도 깨니 언제나 핸드폰은 무음 상태였다. 그렇다고
잠 타임이 긴 것도 아니다. 한 번 잠들면 45분에서 길면 1시간 반 정도였다.
또다시 재우고 눕히고 깨면 모유 수유 무한반복 모드에 나는 땀범벅이
되기 일쑤였다.

50일의 변화, 100일의 기적이라는 말이 있다.

백일쯤 아침까지 깨지 않고 밤잠을 자는 '통잠'의 기적 같은 순간이 온다고 한다. 아이마다 100일의 기적을 맛보는 순간이 다 다르고 성향도 크는 속도도 다 다르다. 똑똑이는 통잠의 기적을 7개월쯤 나에게 맛 보여 주었다.

기다린 만큼 꿀맛 같은 자유가 찾아왔다.

또 하나의 난코스는 이유식이었다.

먹을 생각이 도무지 없는 건지…… 안 먹고도 배가 부른건지…….

도대체 물어볼 수도 없고 물어본다고 대답을 해 줄 수 있는 것도 아니니 속앓이만 할 뿐이었다.

치즈, 계란, 우유, 견과류 등 개월 수에 맞게 먹이는 것마다 두드러기가 올라온다. 의사 선생님 말씀에 특별한 문제라기보다 장의 발달이 더뎌서 트러블이 일어난 거라며 조심해야 할 음식들은 표준시기보다 최소 2달 후 부터 시작하는 것이 좋다고 한다. 잘 먹지도 않는데 영양가 있는 것들은 시기를 늦춰야 하니 엄마는 마음이 안 좋구나.

영유아 검진 때면 늘 따라다니는 꼬리표 '체중 하위 18%'

언제쯤 벗어날까?

똑똑이의 예민함 덕분에 첫돌 잔치 때 51kg, 20살 이후 내 인생 최저 몸무게를 찍었다. 임신으로 늘어난 몸무게 25kg이 소리소문없이 어디론가 사라졌다.

'다시는 나타나지 마라~~~.'

엄마가 되는 험난한 여정의 첫 발걸음을 내디뎠다. 너의 미소 한 번으로 일상의 고단함은 눈 녹듯 사라지고 내 얼굴에도 미소가 번진다. 나도 아들 바보가 된다.

친정엄마 말씀이 젖 먹일 땐 이유식 시작하면 수월하다 하셨고, 이유식 땐 밥 먹기 시작하면 수월하다 하셨다. 또 걷기 시작하면 알아서 큰다고 하는데 과연 그럴까?

앞으로 또 어떤 일들이 기다리고 있을지?

초보 엄마가 식집사에게

집 근처 시장에 가면 임산부인 나에게 할머니들이 꼭 한마디씩 하신다.

"배 속에 있을 때가 젤 편할 때다.
낳아봐라! 고생 시작이지."

아이와의 첫 만남을 손꼽아 기다리는 나에게 참으로 이해가 안 되는 말이다.

"그런가요?;;;"
'뭐야? 웃자는 이야기? 싸우자는 이야기?'

아이가 태어났다.
'아~ 육아 선배님의 진심 어린 말씀이었구나!'

노력과 희생이 동반되어야 얻을 수 있는 값진 이름 '엄마'
그래~ 난 행복한 고생길로 들어간다.

식집사님은 어떠신가요?

식집사의 말말말

먼발치 쇼윈도 앞에 나와 있는 화분이 보인다 싶으면 난 예고 없이 연행당한다. 남편과 아이는 내 눈을 가리고 팔을 잡아끈다.

"안 사고 보고만 갈게. ~~"
"아니요, 엄마 안돼요."
"잘했어! 엄마 잘 잡아."

가족과의 동행에서 마주치는 꽃집은 나에게 그림의 떡이다.

우리 집에는 200개가 넘는 화분이 거실을 에워싸고 있다. 더 늘어나는 것만은 절대 막아야 한다는 것과 동시에, 관심과 사랑을 가족에게 돌려달라는 처절한 몸부림이다.

아이는 맘껏 공 놀이 할 수 없어 나를 막아선 것이고, 남편은 이런 나를 이해할 수 없다는 것이다.

그래서 혼자 다닐 때마다 한두 개씩 사서 몰래 숨겨 키운다. 그러다 눈치 빠른 아들에게 들키기를 반복했다. 명품을 사겠다는 것도 아니고 고작 몇천 원 안팎의 작은 포트 화분인데 너무 한다 싶다. 식물이 눈앞에 아른거린다. 한편으론 가족 공용인 거실을 식물로 꽉 채운 것이 나만의 욕심이고 배려 없는 행동이 아닌가 생각해 본다.

'그래, 여기서 멈추자!'

식물 수업에서 키 작은 해바라기와 아스파라거스 씨앗을 얻었다.

'그래, 씨앗부터 키워보자!'

키 작은 해바라기는 3일, 아스파라거스는 10일 만에 싹이 쏘~옥 올라왔다. 싹을 틔우고 나면 곧이어 떡잎이 나오고 며칠 뒤 식물의 제 모양을 가진 본잎이 생겨난다. 임시거처인 지피펠렛[※]을 떠나 1차로 머무를 새집을 마련해준다.

여린 잎, 가느다란 줄기, 실뿌리는 작은 부딪힘에도 꺾이거나 툭 끊어져 짧은 만남과 동시에 아쉬운 이별의 과정을 겪기도 한다.

그래서 손 닿기가 매우 조심스럽다.

지지대를 세워 힘없는 줄기에 중심을 잡아준다.

강한 빛이 아닌 은은하게 빛이 있는 곳에서 키운다.

안전한 공간을 확보해 성장할 수 있게 도와준다.

씨앗부터 키운다는 것은 손도 많이 가고 신경 써야 할 것도 많다. 한순간의 실수가 영원한 이별이 될 수도 있고…….

모종을 사다 키운 것이 참으로 손쉬운 식물 기르기의 시작이었다는 것을 알게 되었다. 씨앗 발아를 시작하면 본잎이 나고 자리를 잡을 때까지는 여행도 그림의 떡이다. 그러나 힘든 것보다 새 생명이 주는 기쁨과 성장하는 과정을 지켜보는 즐거움이 더 크다.

씨앗 발아 후 돌보는 과정은 신생아를 돌보듯 매우 조심스럽다. 마치 엄마와 같은 마음으로 식물을 대하게 된다. 씨앗은 발아, 태아는 출산을 통해 새로운 삶을 시작하고, 식집사와 초보 엄마의 사랑과 보살핌으로

※ 지피펠렛: 상토를 압축해 놓은 것으로, 좀 더 쉽고 안전하게 삽목, 파종, 씨앗 발아를 할 수 있다.

잘 성장한다. 씨앗과 태아는 둘 다 작고 미세한 형태로 시작하며, 내부에는 잠재력과 유전적 정보가 담겨 있다. 또한 환경과 영양을 제공받으면서 성장하며, 외부 요인들에 따라 모양과 특성이 형성되기도 한다. 따라서 씨앗과 태아는 삶의 시작과 미래에 대한 기대를 한다는 점에서 유사하다.

화분 갈이를 시작할 때 주의할 점

1. 배수 관리 : 화분 바닥에 망을 깔고 굵은 난석을 쌓아 배수를 잘 되게 한다. 배양토에 마사토와 펄라이트를 섞어 사용하여 뿌리가 과습이 되지 않게 한다.
2. 거름 사용 자제 : 씨앗 속에 이미 필요한 영양분을 가지고 있으므로, 과다 영양분으로 문제가 생기지 않게 거름을 사용하지 않는 것이 좋다.
3. 분무로 적절한 습도 유지 : 화분 흙을 살포시 눌러 마무리한 후, 분무기를 사용하여 적절한 습도를 유지한다. 흙이 마르지 않게 관리한다.
4. 때가 되면 화분 확장 : 본잎이 여러 장 나올 때, 뿌리에 더 많은 공간 확보를 위해 더 큰 화분으로 옮긴다. 이는 식물의 성장을 지원하고 안정성을 높이는 데 도움이 된다. 이때부터는 거름을 주는 것이 좋다.
5. 매일 화분 돌리기 : 본잎이 나오기 시작하면 줄기가 한 방향으로 뻗어 기울어지지 않게 화분을 4면으로 돌려준다. 이렇게 하면 식물이 균형 잡힌 형태를 갖출 수 있다.
   • 주의할 점 : 과습은 성장 과정을 저해하므로 주의하고, 통풍에 신경 쓴다.

씨앗부터의 성장과 관리 과정을 즐기며 키우세요!

3. 내 맘 같지 않고……

• 물 부족-장난감

'아, 어떡하지?……'
'누구에게 부탁할까?……'

베란다로 부엌으로 다용도실로 왔다 갔다 정신없이 움직인다.

까치발로 딛고 서서 위쪽 선반부터 허리 숙여 아래 선반까지 뺐다 넣기를 반복하고선 드디어 유레카를 외쳤다.

짜잔~!

다용도실에 곤히 잠자고 있던 세숫대야, 김장용 빨간 대야, 아기 목욕통, 스텐 양푼을 꺼내 놓고 뿌듯한 미소를 짓는다.

이틀 후 7일간의 제주도 여행을 떠난다.

코로나 이후 거의 3년 만에 떠나는 여행의 설렘이 얼마나 컸던지 여행 계획 짜기에 온 신경을 집중 또 집중했다.

'아뿔싸!'

식집사의 의무와 책임에 대해선 까맣게 잊고 있었다. 집을 비우는 일주일 동안 식물들의 생명수를 해결해야 한다. 고심 끝에 입꼬리 쓰~윽 올라갈 만한 참신한 생각이 떠올랐다.

'저면관수'

화분 하나하나 물받침에 물을 채워놓고 여행을 가기에는 일주일이란 시간에 비해 턱없이 물이 부족하다. 그래서 집에 있는 큰 통이란 통은 총 집결시켰다.

코로나로 인해 엄마들의 커피 모임도 배움의 활동들도 전혀 할 수 없었다. 만남과 대화를 좋아하고 즐기던 나에게는 참으로 무료하고 지루한 일상의 나날들이었다.

그 와중 사람들과의 교류가 아닌 나만의 소통과 위안의 방법을 모색하면서 식물과의 깊은 인연을 맺기 시작했다.

귀엽고 앙증맞은 다육이들로 시작해서 고사리류, 수경식물, 선인장들을 하나둘 샀다. 또 친정, 시댁에서 가져오기도 하다 보니 어느새 200개가 넘는 크고 작은 화분들과 동고동락하게 되었다.

그리하여 이번 제주도 여행 짐 꾸리기와 동시에 거실에 대야 총집결 사태가 벌어진 것이다.

드디어 출발 당일, 여행 짐 다 꾸려놓고 식집사 활동 개시다.

'흠!'

'수시로 분무기 샤워에 이삼일에 한 번씩은 물을 주는 식물이 많군.'

'일주일을 버텨야 하니 대야마다 물을 반 이상 채우고~~~'

여러 생각과 동시에 안도의 한숨이.

'영차영차' 혼자 하기엔 시간이 촉박하다.

무겁기도 정신없기도…….

이럴 땐 '여보 찬스!'

하필 이번 여행 중 장맛비가 내린다는 일기예보를 본다. 식물들 바람

통하게 거실 창문은 비 들이칠 걱정에 손톱만큼 열어두고 바닥엔 두꺼운 수건을 깔아 놓는다.

여름 강한 햇빛에 대야에 물이 빠르게 증발할까 염려스러워 창가 블라인드도 내려 창문 투과 빛 차단까지 한다. 이보다 완벽할 순 없다며 나를 칭찬하는 어깨 으쓱 한 번하고 가벼운 발걸음으로 현관문을 나선다.

'잘 갔다 올게~곧 만나!'

아~몇 년 만의 여행이었던가?

여행 내내 자유와 행복함 만끽하고 힐링 에너지 풀 충전해서 돌아왔다.

'오~~~마이 갓!!!'

현관문을 여는 순간 스믈~스믈~ 코끝을 자극하는 냄새가 난다. '화장실인가?……싱크대?……여기가 아니면 어디지? 세탁실? 베란다?' 다 둘러보고 냄새를 맡아봐도 모르겠다. 이 오물 냄새의 정체를 찾고 찾아 눈앞의 근원지에 코를 가져댄 순간 얼굴이 일그러지고 만다.

'시궁창~ 대야 사건!'

풀 충전 에너지를 지금 이 순간에 쓸 줄이야…….

화장실로 베란다로 들고 나르고 또다시 '여보 찬스!'

씻어내고 닦아내고 흙갈이를 한다. 흙투성이 땀투성이다. 이래서 식집사는 맘 놓고 여행도 못 가는 건지 구시렁구시렁 혼잣말을 한다.

고사리류는 물 머금고 줄기가 하늘로 꼿꼿이 허리를 세우고 풍성하다 못해 늠름한 기세다. 과습에 운명을 달리한 식물도 있고, 볼품없이 콩나물처럼 쑥 키자란 식물, 축 늘어진 식물도 있다.

왜일까? 왜일까? 이유를 찾던 중 '아하!'

물이 중요하듯 바람과 빛도 필요 충분양이 있어야 한다는 식선생의 외

침이 들린다.

식선생의 육아 팁

제가 한자리에 가만히 있다고 아무것도 못 하는 건 아니에요.

노지에서는 강한 바람을 대비하기 위해 줄기를 올리기보다는 뿌리를 더 굳건하게 키우고, 사막에서는 물 증발을 최소화하기 위해 잎은 두꺼운 표피층과 가시로 변했어요.

툰드라 지대에서는 물을 절약하기 위해 두꺼운 잎 표면과 잔털을 발달시켜 생존하고, 약용 식물은 독소 생성을 통해 동물의 공격을 피해 생존하지요. 우리는 환경 조건에 맞게 다양한 방식으로 적응하며 함께 이 지구에서 공생하고 있어요.

과한 것보다 부족한 것이 자극이 되어, 또 다른 방식으로 생존해요.

과한 보살핌은 사양할게요!.

초보 엄마의 적용 사례

아이는 내년에 3학년이 된다.

매일매일 장난감 타령이다.

학원을 보내지 않았기 때문일까?

또래들과 어울려 놀면 좋겠지만, 동네 놀이터에서 친구를 찾기란 어렵다.

장난감을 가지고 노는 것도 아이의 성장발달에 유익하다고 생각한다. 단, 새 장난감이 자꾸 늘어간다는 것이 문제다.

넘쳐나는 정보의 홍수, 그중 유독 아이의 눈길을 끄는 것은 상업적 광고다. 키즈 애니메이션 방송은 중간 광고가 왜 이렇게 많은지…….

아이에게는 갖고 싶은 이유가 생겨나고, 나에겐 안 사줄 이유가 넘쳐난다. 우리 둘의 '이유 배틀'이 시작된다. 나의 승리로 배틀은 마무리되는 것처럼 보인다.

그러나 아이의 눈물에 흔들리는 내 마음과 '이번 한 번만, 다음부턴 확실한 규칙을 세우자'라는 명확하지 않은 엄마의 기준이 서로 손을 잡는다.

아이의 방에는 검, 총, 레고, 프라하 모델이 쌓이고 있었다. 대체로 새로운 장난감은 일주일이면 관심에서 멀어져간다.

엄마를 하루에도 수십 번 부른다.

같이 좋아해 달라며 좋아하는 애니 속 캐릭터를 실감 나게 몸짓까지 하며 설명한다. 열정에 박수를 보내며 난 빠져나오겠다는 꼼수를 부려본다.

"우와~~진짜 검술사 같은데"

"이걸 보면 엄마도 좋아할 거야. 같이 보자."

아~이걸 원한 건 아니었는데;;

같이 보면서 이야기하니 나도 슬슬 빠져든다. 하지만 식물 키우고 집안일 하랴 수업도 들으랴 또 다른 신경 쓸 일도 많고 난 그냥 쉬고 싶다는 마음 뿐이다.

이해가 안 돼서 못 보겠다고 또 다른 꼼수를 부렸더니, 이번에는 이야기에 이야기가 꼬리에 꼬리를 물고 쏟아져 나온다. 아이가 선호하는 애니메이션이 늘어날수록 장난감과 나의 두통은 늘어난다.

결단을 내려야만 했다.

요즘같이 넘쳐나는 정보와 물질 속에서는 필요해서 사는 것이 아니라 그저 소유욕이 먼저인 것 같다. 아이에게 지금 필요한 것은 물질적 풍요가 아닌 부족함 속에서도 감사하고 만족할 줄 아는 것이다. 광고로만 접한 채소마켓에 가입하고 아이 장난감을 대거 정리하기 시작했다.

기대 반 걱정 반으로 첫 거래를 하게 되었고, 거래자를 착각해서 오는

난처함도 겪어보고 재미있는 경험이 되었다.

아이 방은 깔끔하게 정돈되고 덤으로 간식비도 생기니 너무 좋다.

명확한 규칙을 정했다.

1. 설날, 어린이날, 생일, 추석, 크리스마스 때 선물을 사준다.

2. 선물의 금액은 최대 5만 원을 넘지 않는다.

3. 가지고 싶은 장난감이 있어도 기다리기.

사고 싶은 걸 참고 기다려야 하니 아이의 짜증은 늘어만 갔고, 또다시 나의 두통도 생기기 시작했다.

규칙을 지킨다는 내 마음에 자물쇠를 채워놓았다.

아이의 태도가 바뀌기 시작했다.

당장 살 수 없으니 만들어서라도 가지고 놀아야겠다고 한다. 3D 펜과 클립, 오링, 플라스틱 뚜껑 등 재료를 가져다 놓고 명탐정 코난 마취총 시계를 만든다.

와우!. 과녁이 열리고 닫히고 작동이 되네.

신기하다 애니메이션 속 마취총 시계가 떡하니 내 눈앞에 있다니……
아이의 아이디어와 손재주에 감탄한다.

"세상에 단 하나뿐인 시계네, 아주 멋지다"

아이도 만족했는지 사겠다는 이야기가 쏘~옥 들어갔다.

넘치면 비워야 하지만 부족하면 채울 수 있다. 새로운 능력도 발견하고 코난 시계 이후 만들기 본능을 불태운다. 아이 스스로 원하는 것을 찾아내고 해결하고 만족하게 되니 대견하다.

이 엄마의 육아법에 생존하거라. 너의 창의적 사고는 늘어날 것이며 언젠가는 빛을 보게 될 것이다.

환경에 적응하며 성장하는 널 응원한다.

서 회 주

비우고, 채우는 삶

덜 애쓰고 더 만족하는 인생

도서 제목 및 부제 (가칭)

- 비우고, 채우는 삶
- 덜 애쓰고 더 만족하는 인생
- 조금 노력하고 더 많이 얻어라.
- 집을 관리하면 인생이 관리된다.

저자 소개

서회주 (방오)

초등학생 시절 현모양처가 되기를 꿈꿨다. 누구도 그 꿈에 대해 진심으로 귀 기울여주지 않아 그저 마음속에 고이 접어 두었다. 대학에 진학 후 12년 동안 대학에서 화학을 연구하는 화학도였다. 남편을 만나고 '인생은 길고 긴 화학반응과 같다'고 생각했다. 물질이 서로 만나 반응하여 새로운 물질이 생기듯, 남편과 나의 인연으로 아이가 태어났고, 남편과 아이로 인해 아내와 주부라는 새로운 삶을 살게 되었다. 자연스럽게 오래전 스스로 내려놓았던 현모양처의 꿈을 이루기 위해 삶에 비움을 한 스푼 담았고, 좋아하는 일들만 채워 하루하루를 소중히 살고 있다. 10년 뒤의 성장하고 다듬어진 삶의 변화를 기대하며 인생의 반응에 글쓰기 한 스푼을 담아 글을 적어본다.

주요 독자

- 단순하고 소박하게 자기주도적으로 살고 싶은 30, 40대 주부
- 적게 소유하며 돈 걱정 없이 여유롭게 살고 싶은 사람
- 적은 것으로 풍요롭게 살고 싶은 사람

기획의 특징 및 차별성

- 미니멀라이프를 통해 삶의 방향성
✔ 비움으로 일상의 숙제들을 전체적으로 조망하여 빠르게 처리하고 생활의 질서를 찾아가는 경험을 이야기로 담는다
✔ 적은 물건을 소유하고 현재에 집중하는 생활이 가져온 물질적, 정신 적으로 안정된 가족 생활의 변화를 살펴본다.

- 미니멀라이프가 육아에 미친 영향
✔ 비움으로 찾은 생활의 편안함이 육아에 어떤 변화를 주었는지 관찰 하며 육아의 방향성을 찾아가는 이야기를 담는다.
✔ 자녀들이 자기주도적이고, 자존감이 높은 아이로 성장해가는 과정 을 담는다.

- 미니멀라이프가 재테크에 미친 영향
✔ 소비 다이어트를 통해 가족에게 가치 있는 일에 소비하여 삶의 만족 도를 높이고, 경제적으로 풍족해지는 변화를 이야기로 담는다.
✔ 타인의 시선을 신경 쓰지 않고 자신만의 절약 방식으로 소박하고 검 소하게 생활하는 모습을 이야기한다.

- 미니멀라이프를 통해 찾은 진정한 삶의 의미
✔ 삶에 진정 소중한 것만 남기면서 가족에게 맞는 행복을 찾아가는 이 야기를 담는다.
✔ 비우고 정리하며 생활을 단순화하면서 진정한 나를 찾은 이야기로 담는다.

Contents

가치 있는 소비

4장 채우는 삶

거짓말을 하지 않는 이유

소중한 사람과 함께

책을 대하는 법

포기하는 지혜

나는 부유한 사람

예상 원고 분량

- 총 분량 : A4 용지 약 100매 (아래한글, 10point, 기본 여백 기준)
- 현재 진행 상황 : 전체 원고의 70% 완성 (본문 일부, 퇴고 남아 있음)

문의 및 연락처

서회주 : 010-7936-****, and****@nver.com

서문 및 샘플 원고: 다음 페이지에 첨부

덜 애쓰고 더 여유로운 삶

내가 물건을 비우기 시작한 이유는 단순하다. 깔끔해진 공간에서 효율적으로 생활하고 싶었다.

17평 작은 집은 신혼살림과 아기의 물건으로 터지기 직전이었다. 하루하루가 답답함의 연속이었다. 집안일을 수월하게 하고 싶었고, 시간에 쫓기지 않고 여유롭게 생활하고 싶었다. 그래서, 매일 하나씩 사용하지 않은 물건을 비웠더니 집은 정돈되고 넓어졌다. 마음이 개운했다.

물건이 정리된 집은 깨끗해지고, 작은 성취감에 뿌듯했다. 점점 집안일은 즐거워졌다. 집을 청소할수록 잡념이 사라지고, 마음이 정화되었다. 청소는 마음을 닦는 하나의 수행 방법이 되었다. 그리고, 집 안 정리를 하면서 노자의 〈도덕경〉을 듣는 지경이 되었다.

'미니멀라이프는 물건만 비우면 되는 것인가?'
'육아도, 집안 경제도, 나의 마음도 미니멀 할 수 있을까?'

미니멀리즘은 필요하고 사용하는 것만 남겨 삶을 단순화하고, 그 속에서 진정한 나를 찾아가는 삶의 양식이다. 삶을 단순화하는 비움은 유형의 물질뿐만 아니라 무형의 목표나 가치관도 포함된다.

물건을 비우는 기준을 육아, 재테크 그리고 나에게도 적용해 보았다. 바라는 것을 모두 적었다. 읽으며 중복되는 것, 안 해도 되는 것, 남들 따라 하는 것, 누군가가 나에게 원하는 것을 하나씩 지워나갔다. 그렇게 남은 것은 소중한 삶의 목표가 되었고, 그것에 집중하고 몰입하여 실천했다.

그리고 삶이 달라졌다. 사랑하는 가족과는 더 가까워지고, 아이들은 자기주도적으로 성장하고, 가족이 건강해지고, 경제적으로 풍요로워졌다. 남을 의식하지 않고 나만의 방식으로 살게 되었고, 무엇보다 나를 사랑하게 되었다.

비움의 과정에서 불필요한 것을 선택하고, 처분하기로 결정하고, 그것을 버리는 실행이 나를 단단하게 만들었다. 스스로에 대해 자신감이 생겼고, 조금씩 성장해가는 행복을 느꼈다. 그리고 내게 가장 소중한 것이 무엇인지 알게 되었고, 내가 어떻게 살아가야 하는지 알게 되었다.

8년간의 미니멀라이프로 인해 지금의 생활 공간이 평온하고 삶의 목표가 명확하다. 하지만 생활 방식의 변화로 애장하는 물건이 짐이 될 수 있다. 삶의 방향이 전환되어 목표도 바뀔 수 있다. 그럴 때면 비움의 과정을 통해 필요한 것은 들이고, 필요 없는 것을 정리하면 된다. 언제든지 어디서든지 어색함 없는 조화로운 생활을 할 수 있다.

잠깐 멈추고 생각해보자. 나는 어떤 사람인지. 내가 원하는 것이 무엇인지. 쓸모 없는 것은 비워지고 진정 자신이 원하는 것만 남을 것이다. '비우고. 채우는 삶'으로 많은 사람들이 남과 비교하지 않고 나답게 살기를 바란다. 생활의 여유가 생겨 행복하게 살기를 바란다.

청소에서 해방

아침에 일어나며 창문을 열어 집 안을 환기한다. 집 안을 돌며 침구를 정리하고, 빨래할 옷들을 모아 세탁기에 넣는다. 청소기로 바닥의 먼지를 제거하고, 물걸레질한다. 요일별 청소할 장소를 정해서 현관, 주방, 거실, 화장실, 베란다를 꼼꼼하게 청소한다. 매달 계획을 세워 이불을 세탁하고, 창틀을 닦고, 후드 망을 청소한다. 계절이 바뀔 때는 옷을 정리하고, 아이들과 각자의 방을 정리를 한다. 이때 좋아하는 음악이나 유튜브 영상은 빠지지 않는데, 매일 집 안을 청소할 때는 배경 음악이 깔린 도덕경, 설거지할 때는 자주 보는 유튜브, 화장실이나 창틀을 청소할 때는 신나는 음악을 듣는다. 아직 완벽하지 않고, 매번 그대로 실천하기도 어렵지만 이런 방법으로 집을 정리하고 있다.

처음부터 그랬던 것은 아니었다. 아이들이 어릴 때는 17평의 작은 집에 아이들 장난감과 살림이 많아 청소하는 데 시간이 오래 걸렸다. 어질러진 책들을 책장에 넣고, 장난감들을 닦아서 제자리에 놓고, 블록을 각각의 바구니에 분류해서 담고, 청소기를 돌리면 훌쩍 시간이 흘러있었다. 설거지하려고 돌아서면 집 안은 다시 어질러져 있었다. 아이들이 안방에서 놀고 있어 거실을 청소하고 나면 거실로 나와 어질렀고, 거실에서 놀고 있어 방을 청소하고 나면 방으로 와 어질렀다. 다른 공간을 청소하느라 아이들과 함께하지 못했고, 하루 두세 번 청소해도 청소한 티가 전혀 나지 않았다. 식사한 그릇들은 여전히 싱크대에 쌓여 있었다.

차츰 청소가 귀찮고 버거워지면서 장난감과 블록을 한 바구니에 담게 되었다. 바닥은 보이는 부분만 대충 닦았다. 그리고 덜 사용하는 물건은 수납장에 방치해 두었고, 먼지가 소복이 쌓여갔다. 그러다 아이들이 어디서 가져왔는지 오랫동안 사용하지 않은 장난감을 가지고 놀았다. 먼지를 만지고 마셨을 거라는 생각에 불안해져 장난감을 급하게 닦아주었다. 그리고 방치하던 장난감의 먼지를 닦아내고 제자리로 정리하는데, 너무 고되고 힘들었다. 전부를 내다 버리고 홀가분하게 살고 싶었다.

'이렇게 청소만 하고 살아야 하나?' '어떻게 하면 청소에서 벗어날 수 있을까?' 진지하게 고민해 봤다. 그러다 우연히 사사키 후미오의 〈나는 단순하게 살기로 했다〉를 읽게 되었다. 단순하고 자연스러운 공간을 동경하게 되면서 〈심플하게 산다〉〈우리는 좁아도 홀가분하게 산다〉 같은 미니멀라이프 관련 책을 탐독했다. 그리고, '미니멀라이프는 적은 물건을 소유하고도 행복한 삶을 누릴 수 있고, 누구나 미니멀리스트가 될 수 있다'는 답을 찾았다.

나도 단순하게 살기로 마음먹고 거실의 필요 없는 물건을 하나씩 비우기 시작했다. 물건이 비워진 자리를 싹 닦았더니 거실은 깔끔해지고, 마음이 개운해졌다. 거실에 수납된 물건들을 모두 정리하고 나니 더 비울 것이 없는지 집안 여기저기 찾게 되었다. 그렇게 옷장, 싱크대, 냉장고, 세탁실 등 집안 곳곳으로 청소 범위가 넓어졌고, 집은 더 정돈되었다. 물건이 점점 줄어들수록 수납 가구가 필요 없어졌다. 수납 가구를 비웠더니 공간이 커지고, 좁은 집을 넓게 쓸 수 있어 아이들이 더 신나게 놀 수 있었다. 그리고, 남편과 내가 쉴 수 있는 작은 공간도 생겼다.

물건의 비움은 청소하기 편한 환경을 만들어 주었다. 바닥과 가구 위에 물건이 없어서 이리저리 옮길 필요가 없이 쓱쓱 닦기만 하면 되니 청소가 간단해졌다. 집이 어수선해도 10분만 움직이면 집이 금새 말끔하게 정리

되기에 청소에 대한 부담이 줄어들고, 청소를 자주 하게 되었다. 정돈된 집이 유지되니 "엄마, 친구 초대해도 돼?"라는 아이의 전화에 언제든 오라고 선뜻 대답할 수 있다. 통화를 마치고 책과 노트북 등 테이블 위의 물건만 제자리에 놓으면 공간은 깔끔한 상태로 돌아가 언제든 손님 맞이가 가능하다.

 게다가 청소 시간이 단축된 만큼 시간적으로 여유로워졌다. 매일 오전 짧은 시간에 청소를 끝내고 아이들이 학교를 마치고 돌아오기까지 편안하게 차를 마시거나, 책을 읽거나, 산책을 한다. 온전히 나만의 자유 시간을 느긋하게 즐기는 여유가 생겼다. 그렇게 나는 비움으로 청소에서 조금은 해방되었다.

지출만 기록하는 가계부

미니멀라이프를 실천하며 물건이 줄어드니, 청소가 쉬워지고 정리에 드는 에너지가 줄었다. 또, 여유시간이 생겼다. 가족을 위한 정성스러운 저녁 식사를 준비하거나, 함께 시간을 보내며 행복한 순간을 만들었다. 때로는 혼자 조용한 시간을 가지거나, 나가서 가볍게 산책했다. 처음에는 단순히 물건을 비우기 시작한 것이 결과적으로 물건과 공간의 관리뿐만 아니라 시간까지 관리하게 되었다. 삶을 전반적으로 조망하게 되면서 가계 경제에도 관심을 갖게 되었다.

아이들 유아 시절, "이번 달 카드 값이 많이 나왔어."라고 남편이 혼잣말 하듯 말했다. '뭘 얼마나 썼다고 저런 말을 하지?' 남편의 말에 자존심이 상했다. 절약하며 살려고 노력했기에 더욱 서운했다. 인정할 수 없어서 일주일 동안의 소비 내용을 기록했다. 그리고, 어마어마한 지출을 확인 하고 입이 떡 벌어졌다. 필요하지 않은 장난감을 아이를 위해 샀고, 바쁜 일상을 핑계로 배달 음식을 자주 시켜 먹기도 했다. 내 마음은 절약하며 살았지만, 실생활은 낭비의 삶을 살고 있었다.

지출을 줄이기 위해 가계부를 쓰기 시작했다. 하지만, 가계부를 쓸 때마다 수입과 지출, 세부 항목을 구분해서 써야하니 번거롭고 복잡해서 머리가 지끈거렸다. 매일 쓰는 습관이 되어있지 않아 며칠 뒤 모아서 기록하려면 기억이 나지 않고 시간이 오래 걸려서 너무 부담됐다. 가계부를 쓰는 것이 하나의 노동이 되었다.

나에게 필요한 것은 지출 관리. '무엇을, 어디에, 얼마를 썼는가?'가 중요했기에 수입을 기록하지 않고 지출만 기록했다. 그랬더니 웬걸… 가계부 쓰기가 한결 편해졌다. 가계부를 이삼일에 한 번 작성해도 지출 내용이 생각났다. 가계부 작성을 짧은 시간에 간단하게 끝낼 수 있어 부담 없이 꾸준히 기록할 수 있었다.

전업 주부라 고정 수입이 없어서 수입란을 적을 필요가 없었지만, 간혹 수입이 생기면 없는 돈이라 생각하며 저축하고 가계부에 따로 적지 않았다. 가계부에 지출만 기록했음에도 불필요한 지출을 상당히 줄이게 되었다. 또, 쇼핑 목록을 작성하여 소비를 통제하고, 줄어든 지출만큼 저축이 늘려 갔다. 1년, 2년, 그렇게 4년을 차곡차곡 모으니 작은 목돈이 되어있었다. 그리고, 가족의 첫 집을 구입할 때 사용했고, "정말 고맙다"는 남편의 짧은 한마디 말로 나의 노력을 인정받은 것 같아 기뻤고, 내 집 마련에 작은 기여를 했기에 뿌듯했고 스스로 대견했다.

'버는 자랑 말고 쓰는 자랑 하랬다'라는 속담이 있다. 얼마를 버는지가 중요한 것이 아니라 돈을 모으려면 아끼고 저축해야 하는 것이다. 가계부 작성으로 불필요한 소비를 줄이고 저축을 늘릴 수 있었고, 가계 경제는 여유로워졌다. 지금도 가계부에 지출만 꾸준히 기록하며 지출을 관리하고 있다.

연말에 아이들의 다이어리를 구입하러 팬시점에 가면 예쁘고 다양한 디자인의 다이어리와 가계부가 내 마음을 설레게 한다. 하지만 내와 맞지 않는 것을 알기에 구입하지 않는다. 8년 동안 가계부를 쓰면서 나만의 작성 방법이 생겼기에 가계부 대신 마음에 쏙 드는 노트를 구입한다. 그리고 하루, 일주일의 지출과 스케줄을 기록하여 한눈에 볼 수 있도록 노트를 가계부로 사용하고 있다.

노트를 펼친 두 페이지를 여덟 칸으로 나눠 일주일의 지출과 그날의 할 일, 스케줄을 기록한다. 나머지 칸에 아이들의 한 주 수업 진도를 기록했다. 아이들 학원 일정이나 약속을 바로바로 확인하니 할 일을 잊어버려 허둥대고, 후회하는 일이 줄어들었다. 간혹 아이들이 수업 진도가 기억나지 않아 갈피를 못 잡을 때 "이번 주에 OOO을 하던데"라고 알려주면 당황하지 않고 자신이 하던 일에 다시 집중했다. 또 순간 떠오른 생각이나, 책이나 유튜브에서 본 좋은 말과 글을 기록하기도 한다.

　가계부 한 권으로 가족의 소비 패턴과 생활 패턴이 보이니 무엇을 해야 하는지 더 챙겨야 하는지 알게 되고, 나다운 체계적인 삶을 살게 됐다. 나는 작은 기록이 물질적, 정신적으로 여유로운 삶을 살게 했다.

성 금 란

40~50대 경단녀를 위한
자격증 사용설명서

쉽게 시작할 수 있는 공부와 자격증 취득 및 취업까지의 여정

도서 제목 및 부제(가칭)

- 40~50대 경단녀를 위한 자격증 사용설명서
- 쉽게 시작할 수 있는 공부와 자격증 취득 및 취업까지의 여정
- 지금 시작하자, 자격증 공부
- 이제야 깨닫는 쉬운 공부
- 노후 설계를 위한 공부 및 직업

저자 소개

성금란

'한식조리기능사' 자격증 취득 후 연계된 교육 '어린이집 조리사 양정 과정'을 수료하고 현재 국공립어린이집 조리사로 취업한 전직 전업주부.

남들이 보면 집에서 할 일 없이 노는 여자. 그러나 아이들이 어느 정도 크고 여유가 생겨 여러 자격증을 취득하고 그 중 하나를 선택하여 직업을 삼은 여자사람.

2023년 인천시교육청 학부모지원팀에서 기획한 '읽.걷.쓰'를 통해 '내 인생의 첫 책 쓰기'를 수강하고, 글자 보는 것도 골치 아픈 것도 싫다는 '40~50대 경단녀를 위한 자격증 사용설명서' 책을 읽기 쉽게 그리고 실천 할 수 있게 쓰기로 했다.

주요 독자

- 글자를 보는 것도 공부하는 것도 시간과 돈을 투자하는 것이 싫어서 인생의 황금기를 놓치고 있는 40~50대 경단녀.
- 이 책을 읽고 공부를 쉽게 하고 자격증을 취득해서 직업을 갖기를 원하는 여성
- 직업을 갖기 보다는 미래를 대비하고 싶은 40대 초반 여성

기획의 특징 및 차별성

본 책과 비교할만한 책들

도서 제목	저자	출판사/출간년도	내용(컨셉)
자격증으로 준비하는 엄마들의 평생 직업	이미경	유페이퍼 2021년	12가지 자격증 취득 노하우
내 인생을 업그레이드하는 자격증 취득 가이드북	달빛서랍	작가와 2023년	대한민국에서 인기 있는 자격증 TOP 10

컨셉

40~50대 경단녀를 위한 자격증 사용설명서

– 인생은 지금부터

– 머리 아픈 공부는 이제 그만! 공부가 쉽게 되네

– 공부하다 보니 자격증도 취득 가능

– 자격증 취득했으니 취업도 해 볼까

– 노후 대비 취득하면 좋은 자격증

차별화 요소

1. 40~50대 경단녀를 위한 자격증 취득법

• 집에서 살림만 하며 자존감이 내핵까지 뚫고 들어간 엄마들에게 주부 경력으로 쉽게 해 낼수 있어 성취감을 느끼게 해줄 수 있는 공부 및 그로 인한 자격증 취득하기

2. 노령화 시대에 꼭 필요한 자격증 공부

• 돌봄이 필요한 가족에게 꼭 필요한 자격증 공부.

알고 있었던 사항이더라도 실습을 통해 더욱 구체적으로 이해할 수 있고 그 이해를 바탕으로 가족 돌봄이 수월해질 수 있게 만들기

3. 자격증 취득 후 나이에 좌절하지 않고 경제활동하기

- 허울뿐인 자격증 말고 취득하고 바로 취업으로 연계되는 자격증 취득하며 본인의 인생뿐만 아니라 남까지 도움을 주며 살 수 있는 행복한 장년기 만들기

Contents

서문 및 샘플 원고 : 다음 페이지에 첨부

이 책은 독자가 여러 가지 공부를 하면서 더불어 특정 분야의 일정한 전문성 혹은 공식적인 인정을 받아 자격증을 취득하여 취업이나 N잡러에 도전하는 사람들에게 도움이 되고, 공부하는 방법과 자격증 취득 과정 및 그 자격증으로 만날 수 있는 직업을 소개하고자 한다.

나는 내가 계속 직장을 다닐 수 있을줄 알았다. 아니였다. 내 주위의 대부분은 결혼과 동시에 그만두웠고 아니면 임신을 하게 되면 그만두웠다. 아무리 친정엄마가 도움을 준다 해도 육아는 힘들고 가사는 남편보다는 내가 더 많이 했고, 결국은 마침 셋째가 생기는 바람에 그만 둘 수 밖에 없는 계기가 되었다.

은행 생활 15년을 했는데 할 수 있는 것이 아무것도 없었다. 대학에서 배웠던 컴퓨터 관련 전공자래도 빠르게 변화하는 시기에 그걸로 다시 취업할 수 없었고, 아이들이 어느 정도 크고 이제 이제 일하려고 하니 할 줄 아는 것도, 나이도 걸려서 좌절하는 시기가 왔다. 그래서 대한민국에는 경단녀가 많은가 보다. 오죽하면 경단녀가 싫어서 결혼도 출산도 싫다는 사람들이 점점 많아지고 있다. 내가 일을 할 수 있는 방법은 공부를 새로 시작하는 것이었다. 다만 무슨 공부를 어떻게 하는 것이 좋을지부터 공부 했고 자격증 공부를 하자고 마음을 먹었다.

자격증에는 국제자격증, 국가자격증, 민간자격증이 있으며 분야에 따라 요구되는 학위, 이론지식, 실무경험이 있다. 계속 변화하는 세상 속에서 흔히 말하는 뜨는 자격증과 지는 자격증을 구분하여 독자가 본인의 상황과 현재 직업에서 선택할 수 있는 자격증 취득에 길라잡이가 되었으면 하는 바램에서 시작하여 평생교육이라는 말이 왜 나오게 되었는지 유추할 수 있게 할 것이다.

　남들이 취득한다고 그대로 따라하는 것이 아니라, 독자 스스로 읽고 판단하여 공부를 즐겁게 하며 더불어 자격증 취득을 할 수 있게 만드는 것이 목표이다. 공자는 〈논어〉에서 '아는 것은 좋아하는 것만 못하고 좋아하는 것은 즐기는 것만 못하다.'하였다. 세상의 자격증은 많고도 많지만, 나에게 맞는 공부와 학창 시절처럼 억지로 힘들게 하는게 아니라 즐겁게 배우며, 더불어 자격증 취득과 그 즐거움을 뿌리로 두고, 또 다른 공부를 하면서 배우는 기쁨을 누리기 바란다.

이 나이에 이제 와서?

내가 공부를 하고 있음을 밝히면 주위 사람들 대부분이 이렇게 반응한다. '공부 어렵지 않나요?'하고.

처음 시작은 그랬다. 내가 할 수 있는 공부는 무엇일까? 질리지 않고 끝까지 해낼 수 있는 것은 무엇일까? 아니 사실 나도 공부라는 단어가 싫다. 시험 기간인 우리 집 아이들에게도 공부하라는 소리를 안한다. 물론 아이들은 그렇게 느끼지 않겠지만.

나도 공부가 딱히 좋아서 시작했던 건 아니다. 내가 아이 세 명을 낳을 줄 몰랐고 그 아이들을 키우면서 정신이 없어 공부는커녕 하루하루가 버텨 내는 것도 힘들었다. 두 아이의 엄마와 세 아이의 엄마는 많이 다르다. 그만큼 시간과 노력과 애정을 쏟아야만 한다. 그래서 아이들을 많이 낳은 엄마들을 보면 존경심이 절로 든다.

큰 아이가 초등학교에 들어가니 나에게도 새로운 세계가 열렸다. 일명 엄마들 모임. 저학년 때는 아이들이 청소를 잘 못하니 엄마들이 들어가서 학교 청소도 해야 했고, 스승의 날에는 알음알음 선생님께 선물도 해야 해서 반 대표 엄마를 투표를 통해 선출하고, 모임을 가지게 되었다. 딱히 치맛바람도 아닌데 매주 금요일에 모여서 점심을 먹고 학교에 들어가서 청소를 하고 차 마시고 하는 그런 일상을 보냈다. 그렇게 세 아이가 학교를 다니는 동안 엄마인 나는 학교에서 '녹색어머니회', '독서어머니회', '학부모회'를 쫓아 다니며 봉사를 하고 아이들 뒷바라지를 시작했다.

그 때는 정말 내 세상은 아이들 위주로 돌아갔다. 달처럼 위성처럼 비가 오면 우산 챙겨서 나가고 학원 시간 때문에 교문에서 학교가방 받고 학원 가방을 건네주며 간식을 입에 넣어주고 하는 것들이 기쁨이요, 즐거움인줄 알았다.

일명 총회룩이라고 학교에서 새 학기 시작인 3월이면 학교설명회를 개최할 때 뭘 입고 가야하나 고민하며 세 아이가 학교가 다 달라 정신없이 각 학교를 찾아다니던 어느 날 문득 깨달았다.

나 뭐하고 있는 거지? 나는 없고 남편과 애들만 있었다. 내 이름 석자 '성금란'은 없고 누구누구 과장 부인, 누구누구 엄마로만 불리고 있었다. 나름 고급인력이라고 우스갯소리 하던 내가, 15년 직장 생활을 했던 내가, 아무것도 모르는 바보가 된 느낌이였다. 그래서 뭐라도 하려고 마음 먹게 되었다.

계기는 막내 친구 엄마 덕분이였다. 그 엄마는 인천공항 라운지 3교대 조리사가 직업으로 아이들이 어린데도 불구하고 아동돌보미를 이용하면서까지 힘들게 직장을 다니고 있었다. 그런데 그게 멋있어 보이는 거였다. 나는 집에서 살만 찌고 아무 것도 안하는 잉여인간으로 시간을 죽이고 있는데 그 엄마는 하루하루를 치열하게 살아내며 그 사이에서 즐거움을 찾는 것을 보니 내가 그대로 있으면 안될 것 같았다. 그리고 그 열정이 부러웠다. 그 젊음이 부러웠고 질투가 났다.

가수 김연자씨의 '아모르 파티' 노래 가사 중 제일 깊게 와 닿는 말은 '자신에게 실망하지 마. 모든 걸 잘 할순 없어.', '나이는 숫자, 마음이 진짜. 가슴이 뛰는 대로 가면 돼'이다. 이 나이에 이제 와서 할 수 없다가 아니라 잘 하는 걸 한 가지만 생각해 보자. 그리고 그걸 지금부터 당장 시작하는거다. 해보지 않고 후회하는 것보다는 해보고 후회하는 것이 훨씬 가치 있고 나으니까.

한식조리기능사 - 가정주부라면 누구나

가정주부로 가족들의 음식을 해왔다면 우선 한식조리기능사에 도전해 보는 것을 추천한다. 나도 가정주부로 20년을 넘게 살고 있지만 요리에 자신이 없다. 여러 매체에서 나오는 레시피대로 하면 맛있을 때도 있고 간혹 맛 없을 때도 많다. 성공과 실패는 어디에서 기인하는지 나도 잘 모른다. 엄마들 세대처럼 레시피 없이 아무거나 대충 넣어도 맛있다고 하는 손맛이 나는 없어서 좌절하지만, 그래도 솥뚜껑 경력을 믿고 일단 '한식조리기능사'에 도전해 보기로 했다. 누구나 도전할 수 있는 자격증이니 공부할 엄두가 안 난다면 처음으로 도전해 볼 것을 추천한다.

일단 학원부터 알아보자. 집에서 다닐만 한지, 시간은 어떤지, 합격자 수와 합격 후 취업 연계까지 해 주는지 알아보고 내일배움카드가 지원되니 확인 후 신청하자.

한식조리기능사는 의외로 요리로만 승부하지 않는다. 시험은 한국산업인력공단 사이트에서 신청해서 필기/실기로 구분되어 치르게 되고 100점 만점을 기준으로 60점 이상을 득점해야 합격하며, 필기에 합격한 후 실기를 볼 수 있는데 접수부터가 경쟁이다. 아침 10시에 Q-Net에서 신청해야 하는데 대기자가 많으니 미리 접속해서 날짜와 회차를 세팅하고 결제는 무통장 입금으로 해야 한다. 카드결제는 일일이 카드 숫자를 넣다보면 시간을 다 잡아먹기 때문이다. 일단 신청을 누르면 대기자가 많다고 새로 고침을 하지 말고 기다리는게 접수할 수 있는 비결이다. 혹시